Les tribulations d'un adolescent

Martine Lady Daigre

Les tribulations d'un adolescent

© 2021 Martine lady Daigre
Édition : BoD – Books on Demand,
12/14 rond-point des Champs-Élysées, 75008 Paris
Impression : BoD - Books on Demand,
Norderstedt, Allemagne
ISBN : 9782322 015993
Dépôt légal : Juillet 2021

À vous lectrices, lecteurs,

Ce livre est un roman.
Toute ressemblance avec des personnes, des noms propres, des lieux privés, des noms de firmes ou d'établissements, des situations existant ou ayant existé, ne saurait être que le fruit du hasard.

Contacter l'auteur :
www. ladydaigre. jimdo. com

Romans policiers

Un matin glacial, éd. Books on Demand 2 020
Mortel courroux, éd. Books on Demand 2 018
Trois dossiers pour deux crimes, éd. Books on Demand, 2 017
Lettres fatales, éd. Unicité 2 017
La mort dans l'âme, éd. Books on Demand 2 015
Une vie de chien, éd. Books on Demand 2 015

Romans

Awena, éd. Books on Demand, 2 019
La clé de la vertu, éd. Books on Demand, 2 017
Neitmar, éd. Books on Demand 2 014

Album jeunesse

Coccinella fête le Printemps, éd. Books on Demand, 2 018
Coccinelle visite le parc zoologique, éd. Books on Demand, 2 018
Coccinella fête Halloween, éd. Independently published, 2 018

Coccinella aide le père Noël, éd. Independently published, 2 018

Vie pratique

Pom'en chef, éd. Books on Demand, 2 015

Manuel de dessin et de peinture, éd. Books on Demand, 2 018

1

Le proverbe chinois « Ami le matin, ennemi le soir » s'insinua dans le cortex de ceux qui croisèrent sa voie. Il accapara les volontés, avide de s'en emparer. Il ignora la raison en flottant entre les méninges. Aérien, il sauta de synapses en synapses, danseur infatigable d'un pas de chat neuronal. Alors l'air fut chargé d'électricité, fut inspiré profondément, se propagea dans la circulation sanguine de tous les êtres présents à la vitesse de la lumière et les enveloppa d'un manteau pesant beaucoup trop lourd à porter pour de frêles épaules. L'atmosphère changea ; elle devint délétère ; elle n'était plus qu'une suite d'interrogations sans aucune réponse.

Dehors, l'orage tardait à éclater. Depuis l'aube, les nuages s'amoncelaient, assombrissaient le ciel d'heure en heure sans parvenir à leur fin, obligeant les yeux à percer l'invisible. L'homme redoutait la pluie ; cette pluie que les crevasses d'un sol aride aspiraient à boire goulûment, assoiffées qu'elles étaient par tant de manque au cours de la saison chaude à dégouliner de joie, ce même sol qui la redoutait durant l'hiver, car il craignait son abondance destructrice, un déluge impitoyable s'abattant sur une terre gorgée d'eau.

L'homme songea au décalage météorologique qui pourrit la perfection du temps comme le fruit tombé de l'arbre avant la maturation. On était en mars, le mois des fous. Le froid s'éternisait ; les vents devenaient impétueux ; les giboulées transformaient en une seule nuit les jeunes pousses verdoyantes en pic à glace cassant au moindre choc provoquant tristesse et désolation ; et l'homme connaissait le danger ; il conduisait avec prudence sur l'autoroute A 26.

L'homme dont il était question, Marc Sergent, était à la fois professeur de gymnastique au collège Émile Coué et entraîneur au sein du club de Basket-Ball Tom Sanders. Deux casquettes. Deux responsabilités. Il enclencha le clignotant droit. Il rétrograda en suivant la voie qui le guidait vers l'aire de Sommesous.

Le parking était désert bien que ce fût un samedi à l'heure du déjeuner.

À côté de la Peugeot 308 flambant neuve rutilante de noirceur vint se garer une Volkswagen Polo d'une blancheur immaculée – elle avait été shampouinée la veille – datant des années 2000, autant dire une antiquité lorsqu'on la comparait à sa consœur automobile. Descendirent des deux véhicules six adolescents survoltés prêts à se ruer dans la boutique de la station-service afin d'acheter, illico presto, le paquet de chips interdits et les biscuits chocolatés prohibés, lesquels seraient immédiatement remplacés par le judicieux choix proposé par leur accompagnatrice, Madame Sylvie Perrot, une férue de diététique âgée de 38 ans que ne détrompait pas un corps svelte, une professeur de mathématiques divorcée, amante de Marc depuis plusieurs mois, dont le fils Guillaume, capitaine de l'équipe des cadets, ignorait la relation amoureuse.

Huit autour d'une table à s'épier.

Six à grincer des dents à la vue des pâtes au beurre ayant remplacé les frites convoitées, de la tranche de jambon braisé à la place des nuggets au poulet noyés sous le Ketchup mis en bouteilles et la mayonnaise en sachet individuel, des oranges à profusion source de vitamine C que ne possédaient pas les éclairs au café positionnés intentionnellement par le serveur au premier rang de la vitrine, et la bouteille d'eau minérale faisant office de Coca-Cola. Mastication rapide entraînant la musculation des zygomatiques sans en avoir l'intention, mais qui produirait son efficacité à la prochaine rigolade. Le repas fut avalé en moins de trente minutes, car les papilles ne s'attardèrent pas à garder en bouche des mets qualifiés « choses à peine mangeables », voire « non comestibles ».

Retour à la case arrivée.

Quatre dans la 308 de Marc et deux dans la Polo de Sylvie. Une place pour chacun et chacun à sa place. Fidèles à l'ordre établi s'assirent les jeunes sportifs, accomplissant ainsi le rituel immuable du placement cher au psychologue. Et le convoi poursuivit sa destination.

Défilaient dans ce lointain grisonnant à la luminosité faiblissant au point de les confondre les fermes isolées, les forêts d'épicéas et les vignobles avec leurs ceps alignés au cordeau grâce aux gestes rigoureux d'un ouvrier digne d'un officier militaire. Et tous les vingt kilomètres, le paysage offrait des arbres aux formes burlesques gesticulant sous les bourrasques qui pleuraient leurs feuilles mortes en décembre si on daignait s'arrêter, pour les regarder, à la pause pipi.

Pendant que les feux de croisement balayaient le bitume, les prunelles de Marc balayèrent l'habitacle en lançant des éclairs. Nul paysage, aussi enchanteur fut-il, n'aurait convaincu les quatre passagers de lever leurs yeux des écrans de leurs smartphones. Ils mataient des vidéos. Ils s'esclaffaient. Ils se poussaient du coude à chaque découverte, les trois de la banquette arrière, et celui qui était à la place du mort, agité comme une puce, la ceinture de sécurité glissant de l'épaule à chaque mouvement brusque lorsqu'il se retournait, réclamait haut et fort l'adresse du lien. Marc suffoquait de rage depuis trop longtemps, il gueula : « Arrêtez de faire les cons ! Vous feriez mieux de rester concentrés sur le match que vous jouerez tout à l'heure ! ».

Celui qu'on vénérait, à qui on pardonnait la rudesse des ordres et la rectitude des reproches, avait haussé ce ton qu'il regrettait déjà. Il avait fallu calmer les turbulences des joueurs, fait que la digestion postprandiale n'avait pas réussi manifestement à accomplir ; il n'avait pas eu d'autre choix. Pourtant, Marc détestait user de la force des cordes vocales, mais l'enjeu était si important que l'usage de la gueulante s'était imposé de lui-même. Cette énergie débordante devait être canalisée et orientée vers les huitièmes de la finale régionale au gymnase de Reims à 14 h 30. Faire mordre la poussière à l'adversaire. Une bataille en terre ennemie.

Puis les quatre basketteurs avaient gloussé en chœur. Les quatre qui avaient échoué dans la 308 se prénommaient Arthur et Nathan, 16 ans, Théo et Martin, 15 ans ; quatre gosses excités comme pouvaient l'être des jeunes gens bourrés de testostérone, mais pas mauvais garçons sauf, peut-être, avec la dernière recrue, Benjamin Guillot, 15 ans lui aussi, qu'ils s'amusaient à bousculer dans les vestiaires dès que l'entraîneur avait le dos tourné, un chahut frôlant la rixe.

Marc était soucieux. Il avait acquis à sa cause le fils de Sylvie, un indic qui lui distillait les remarques désobligeantes proférées sous les douches. Il appréhendait le drame qui, inévitablement, prendrait forme humaine lorsqu'on ne s'y attendrait pas et signerait l'acte de non-retour de tout ce qu'il avait créé avec la patience d'une fileuse des jours au rouet de la première place sur le podium. Dans l'espérance de cette minute bénite avec une ascension qui pourrait être concrétisée aujourd'hui, – son pronostic était souvent au rendez-vous, infaillible – le malaise devenant sérieux, il avait procédé à une judicieuse séparation ; il avait confié le bouc émissaire au capitaine Guillaume qui voyageait avec sa mère. Il espérait désamorcer la querelle – il y en avait toujours une qui couvait – avant qu'elle ne s'envenimât ; un espoir aussi fin que du papier à cigarette se déchirant sous les doigts maladroits du fumeur invétéré.

Et le silence fit une brève apparition.

Marc jeta un coup d'œil dans le rétroviseur central. La Polo avait dû mal à suivre la Peugeot ; à chaque montée, la poussive voiture ralentissait. Il réduisit la vitesse et accepta d'être doublé à contrecœur. Le paysage devint moins flou ; les contours des formes se détachèrent de la pénombre dans laquelle ils avaient sombré ; le regard se perdit vers l'horizon où la silhouette des arbres ressemblait d'une manière étrange à celle de spectateurs debout sur des gradins. Il fronça les sourcils. Une ride d'expression creusa son front ; il s'inquiétait du retard pris sur l'horaire prévu, retard grignotant l'avance de temps qu'il avait calculé la veille et du temps il en aurait besoin pour encourager les mômes pendant l'échauffement et leur prodiguer des conseils qu'ils exécuteraient… ou pas. Il songea à la victoire impalpable qui le narguait depuis 12 ans, une éternité dans la vie d'un entraîneur refusant la répétition de l'échec. Il y croyait. Tous y croyaient ; gagner était à une portée de ballon, une belle récompense avant les vacances de Pâques.

Et la descente s'amorça enfin.

La vitesse consola l'inquiétude de l'homme et soulagea la conductrice fautive.

Marc adressa un signe à Sylvie avec son bras droit. Elle dodelina du chef.

Les deux gamins se tenaient tranquilles sur la banquette arrière contrairement à leurs comparses dans l'autre véhicule. Ils conversaient gentiment avec une innocence relative, car la mère surprenait parfois des bribes de la conversation où il était question d'alcool, de filles « vachement sympas » et de réseaux sociaux « hypercool », autant de sujets d'une importance capitale pour des ados vivant dans un monde formaté à leur insu. Pourtant, à écouter Benjamin, ce dernier revendiquait un monde sombre et dégueulasse, le sien, point à la ligne. Des phrases inquiétantes. Alors la jeune femme se remémorera les propos de son amant au sujet de l'équipe et décida de lui raconter mot pour mot ce qu'elle avait ouï au cours de ces confidences inopinées dès que l'occasion se présenterait au couple. Dès cet instant, elle fut plus attentive au dialogue tout en conservant une attitude désintéressée ; elle tendit l'oreille en écrasant la pédale de l'accélérateur afin de maintenir la distance entre sa Polo et la 308.

13 h 50. Terminus.

Arrivée fracassante sous l'orage qui éclata d'un coup et ne surprit personne. De grosses gouttes de pluie s'abattirent sur le capot des voitures stationnant sur le parking du gymnase, lavant les pare-brise et les plaques d'immatriculation appartenant aux bolides des supporters locaux – surtout des 4 x 4.

« Ils sont déjà au rendez-vous » marmonna Marc en extirpant du coffre le sac de sport contenant les ballons et les bouteilles d'eau. « Tout à l'heure, ils s'emploieront à saper le moral des miens. Et pas un de chez nous pour l'instant. L'absent reste fidèle à ses habitudes. »

Sprint vers la porte d'entrée en passant à travers les larmes du ciel qui s'apparentaient plutôt à une averse automnale. Le seuil du gymnase franchi, les hommes prirent la direction des vestiaires avec leurs bagages et l'accompagnatrice celle des gradins, scénario immuable à chaque fois qu'elle participait au déplacement sportif.

Sac à main sur les genoux, Sylvie profita du quart d'heure de répit pour essuyer avec un mouchoir en papier le mascara maculant ses paupières et sa chevelure blonde aux allures de queue de vache mouillée. Miroir de poche en main, elle appliqua un peu de blush sur ses pommettes. Beauté revalorisée grâce à la prouesse du cosmétique acheté à prix d'or, elle parcourut du regard cet endroit inconnu, car elle savait que son fils accaparerait son attention dès qu'il foulerait le revêtement de sol caoutchouté : des néons au plafond diffusant une lumière blafarde peignant sur les visages une pâleur maladive, des sièges en matière plastique à la teinte usée par les postérieurs, un marquage au sol mangé par le frottement des semelles à renouveler rapidement ; c'était toujours le même décor qui savait engendrer le rêve malgré le manque d'entretien.

À 14 h 10, les six cadets et le beau Marc entrèrent d'un pas décidé dans l'arène tels des gladiateurs, affublés de leur short, tee-shirt, chaussettes et chaussures de tennis. Ils prirent possession des sièges juste devant leur unique supportrice. Sylvie s'efforça à ne point perturber le groupe contrairement aux voisins d'en face qui acclamèrent leurs idoles avec fortes gesticulations et appels tonitruants.

La mère contempla la chair de sa chair : 1 m 60, d'une maigreur à vous couper le souffle lorsqu'on devinait la musculature – le fils avait hérité des gènes maternels –, des cheveux blonds – ce qui confirmait, en une logique implacable, l'appartenance auxdits gènes – dépassant les lobes des oreilles et maintenus par un élastique, un visage angélique qu'agrémentait une frange à raccourcir d'ici l'été. Puis elle admira son amant plus jeune qu'elle de trois années : une silhouette athlétique, 1 m 85 pour 60 kg de muscles, respecté par les collégiens – ce qui n'était pas le cas pour les collègues de l'enseignement secondaire malmenés pendant leurs cours –, un Apollon digne du mont Olympe. Le coup de sifflet percutant ses tympans mit fin à la contemplation.

Dès les premières secondes de jeu, le ballon incarna l'espoir du succès pour les deux clubs sportifs.

Au premier quart-temps, l'orange emplit la salle d'une douceur métallique. Les spectateurs vibrèrent au rythme des dribbles et des passes. Les battements de cœur s'accélérèrent à l'unisson. Les doigts s'agitèrent. Les jambes trépignèrent. Les corps trépidèrent en pâmoison. Les mots fondirent comme une sucrerie devant le score 13-9, puis 11-7, en faveur des Tom Sanders.

Marc envisagea l'impossible record. Il alimenta la hargne en complimentant ses cadets au cours de la mi-temps avec un discours aux griffes acérées pointées sur l'adversaire. Les jeunes buvaient goulûment l'élixir « marcien ».

Et le match reprit.

La troisième période se solda par un échec du côté des Tom Sanders avec un 8-13 difficile à digérer. Un coup dur à vous laisser KO sur le ring. Les regards torves lancés de part et d'autre de la bouteille en disaient long sur l'affrontement à venir. Tous voulaient en découdre ; les uns pour sauver leur honneur ; les autres pour affirmer leur supériorité discréditée par les résultats précédents. Le sort voulu que « Dame chance » porta secours à Marc et à ses protégés qui avaient espéré sans vraiment y croire. Le tableau afficha 11-2. Une victoire écrasante, entérinée avec un total de 43 contre 31, planait au-dessus des têtes couronnées, applaudie par les trombes d'eau s'écrasant sur la toiture ; spectateurs et basketteurs avaient fini par les oublier dans le feu de l'action. L'abstraction du vacarme diluvien ne dura guère ; les joueurs visiteurs filèrent sous les douches en protégeant leurs oreilles avec les maillots ôtés trempés de sueur ou bien était-ce le contact de cette suée ayant imbibé le tissu qu'ils ne supportaient plus sur les centimètres carrés de leurs peaux pubères.

Et Marc leur emboîta le pas.

Pouvait-on parler d'intimité lorsque les âmes étaient mises à nu, lardées de coups par des paroles acerbes qui ressemblaient à des piques révolutionnaires ?

Les railleries proférées par les insurgés du ballon victorieux étaient en train de gâcher l'instant joyeux de la réussite.

Pourquoi fallait-il qu'un après-midi comme celui-là fut entaché par une méchanceté gratuite que Marc croyait, dans un élan d'optimisme naïf, avoir été reléguée au passé ?

— Putain mec, pour une gonzesse, t'as tout donné ! Pas vrai Nathan !

— Ouais, t'as raison Arthur ! Dis-nous un peu, Benjamin. Ouais, dis-nous, la petite bite, qu'est-ce que cela fait de gagner avec un pro comme moi ?

— Fous-lui la paix, Nathan.

— Ben quoi, Guillaume, elle a peut-être grandi depuis mercredi, sa bite ! C'est pas vrai, les gars ! clama Nathan en s'adressant à Théo et Martin qui se taisaient.

— Moi, je m'en fous, répondit Théo. L'important, c'est le score, et avec la grande asperge, on a assuré. Ça me va.

— Ouais, t'as raison, vieux. Sans rancune, hein, la petite bite ! rétorqua Nathan en offrant ses biceps à l'eau froide, défiant l'équipe à l'imiter.

Les sens en alerte, dans le miroir embué, Benjamin reconnut Arthur derrière son dos. Une forte claque entre les deux omoplates l'ébranla dans ses convictions. Il avait suivi le conseil de Marc ; il avait intégré les Tom Sanders ; il avait martyrisé son corps au physique ingrat ; il avait encaissé sans repartir ; et la conclusion à toutes ses souffrances restait immuable : il restait, envers et contre tout, le punching-ball d'une bande de petits connards malgré les efforts incontestables qu'il fournissait durant les entraînements. « Merde, » pensa-t-il, « durant le match, j'ai marqué plus de paniers que ces branleurs ». Il observa d'un œil mauvais le reflet de ses pectoraux qui tremblaient comme de la gélatine sous ses paumes. Il étudia ses jambes et ses bras, et il fut bien obligé d'admettre que les termes péjoratifs « fluet, gringalet, efflanqué, échalas » correspondaient à sa physionomie, et pourquoi pas « gonzesse » tant qu'on y était avec cette voix au timbre d'une meuf qui refusait de muer. Il fallait se rendre à l'évidence : il y avait un décalage entre sa taille et la grandeur de son sexe, sans compter ses deux testicules de la grosseur d'une noix. « Si les deux connards continuent, je leur rentre dans le lard avant d'avoir fermé mon sac à dos » murmura-t-il tout bas en s'essuyant le visage avec une serviette à la propreté douteuse.

— Ça suffit les gars ! Changez un peu le disque. Je vous ai entendu vous foutre de sa gueule. Dépêchez-vous de vous rhabiller, et je vous rappelle que c'est grâce à Benjamin que, ce soir, le club poursuit l'aventure.

— Ouais, boss, pour une fois qu'il marque, marmonna Nathan.

— Tu as quelque chose à me dire ?

— Non, répondit le gamin interrogé tout en continuant à nouer les lacets de ses Nike ce qui lui évita de lever la tête.

— Bien. Dans ce cas, je sors après vous.

Marc détestait les nids-de-poule risquant de faire chuter sur la voie royale du ballon orange l'entente fragile d'une équipe en reconstruction. La bombe avait été désamorcée à temps.

« Mais à quand la prochaine ? » se demanda Marc en introduisant la clé dans le Neiman.

2

La citation de Dostoïevski : « Mon Dieu ! Tout un instant de bonheur ! N'est-ce pas assez pour toute une vie ? » accapara les pensées de ceux qui se trouvaient dans la vieille Volkswagen.

Bercé par le tempo des essuie-glaces rythmant les notes de l'orage qui faiblissait à la vitesse d'un escargot, Benjamin dormait à poings fermés. Dès les premiers tours de roue, une paix intérieure avait envahi le garçon, une de ces sérénités qui vous rendait les idées aussi molles qu'un chamallow en train de fondre dans les flammes d'un feu de camp et qui vous faisait glisser en quelques secondes vers l'inertie, ou, autre possibilité, c'était la fatigue résultante de l'effort fourni qui l'avait terrassé d'un coup. L'excitation passée, l'adolescent n'avait même pas pu soutenir la conversation engagée par un Guillaume désireux d'analyser leurs actions de l'après-midi. Alors, celui-ci, résigné, avait consenti à lâcher l'affaire en soupirant.

Benjamin rêvait ; il était adulé par ses pairs, acclamé par la foule. Sous les spots orangés d'un plafond miteux, il savourait l'exploit octroyé à son jeu – le rêve permettant toutes les fantaisies –, le tee-shirt suant la fierté et le torse irradiant le triomphe des « Slam Dunk » qu'il avait enchaîné à répétition et, surtout, prouesse non négligeable, qu'il était le seul à pratiquer du haut de son 1 m 75. Valorisation d'un corps ayant grandi trop vite que lui enviaient nombre de concurrents, y compris ceux de son équipe. À l'intérieur de son rêve, il bottait le cul à Nathan et à Arthur, les humiliant devant une flopée de spectateurs qui l'ovationnaient encore et encore. Il était un roi assis sur un trône de gloire brillant de mille feux sur un terrain de basket-ball, sa Voie lactée, tel un monarque à qui on obéissait au doigt et à l'œil sans rechigner. Secousses du voisin. L'étoile au firmament grommela, ouvrit les paupières sur la réalité avec le mécontentement de celui qui devait prendre congé. Il était 20 h 38. À regret, il claqua la portière sur le songe brisé trop tôt et se dirigea vers la façade grise de l'immeuble où il demeurait.

L'incessante pluie cinglait les graffitis, martelant les inscriptions de couleur noire qui défiguraient le béton. Elle essayait, avec une efficacité frôlant la nullité, d'effacer la signature abjecte d'un gang du quartier comme elle lavait la pisse des chiens sur les troncs des arbres aux branches dépouillés dans le square d'à côté. Univers de Benjamin ; aucune comparaison possible avec celui de Guillaume ; gouffre abyssal infranchissable entre deux mondes ; c'était ce que pensait le basketteur aux pas traînant dans les flaques en regardant autour de lui avec une vision morne.

Dans les moments d'optimisme furtifs, Benjamin idéalisait ce qu'il n'avait jamais connu ; et, à cet idéal, il s'y accrochait comme un noyé à une planche de salut. Espoir d'une vie différente où le quotidien aurait une saveur exquise ; mais certainement pas ce soir, car il le connaissait par cœur, son quotidien. Les cheveux ruisselants, il avança vers le bloc D avec la sensation d'avoir, pour enveloppe charnelle, un corps miséreux et poisseux dont il n'arrivait pas à se débarrasser. L'envol d'un oiseau déclencha un faible sourire sur le visage aux traits tirés. « Le volatile a plus de chance que moi » avait-il pensé en l'apercevant. « Au moins lui est libre ».

Benjamin déclencha l'ouverture de la porte vitrée, dédaigna l'ascenseur, et entreprit de gravir les marches de l'escalier les unes après les autres tel un condamné gravissant l'échafaud, repoussant jusqu'à la dernière seconde le franchissement du seuil de l'appartement situé au deuxième étage. Lui parvint en montant la cacophonie des émissions télévisées ; à chacun sa chaîne ; s'il s'était assis sur le palier, il aurait pu suivre deux films, trois téléréalités, une série policière et une recette de cuisine ; à croire que tous les habitants étaient sourds avant d'avoir atteint un âge canonique.

« Ils font chier ! » jura-t-il entre ses dents en introduisant la clé dans la serrure avec le geste de celui qui savait ce qu'il y avait derrière la porte : un trois-pièces HLM plus glacial qu'un esquimau sorti du congélateur au mois d'août ; 57 m2 composés d'une entrée, d'un salon exposé au soleil couchant, d'une cuisine non équipée – au carrelage vert d'eau choisi par les locataires précédents – néanmoins séparée des autres pièces ce qui permettait la prise des repas sur une table bancale et ses trois tabourets en pin, de deux chambres, d'une salle d'eau à la teinte bleu lagon qui vous emportait vers la Nouvelle Calédonie où vous n'iriez jamais, et des w.-c. contigus à cette dernière ; 57 m 2 enjolivés par un papier peint, acheté pendant la période des soldes il y avait plus de dix ans – il n'y a pas de petites économies –, un papier peint qui demandait à être remplacé pour cause de moisissures dans les recoins humides et mal aérés, un mobilier issu d'une chaîne de montage en panneaux de fibres agglomérées à chaud recouverts d'un placage imitation chêne clair, un canapé-lit en tissu gris chiné en prévision d'invités que la famille n'invitait jamais – la famille étant le couple et le fils –, des plantes vertes à profusion aux bons soins prodigués par le fiston sinon elles auraient crevé de soif ; 57 m 2 avec le père revêtu de son vieux jogging, un père hypnotisé par les images qu'un téléviseur à écran plat payé comptant – il se vantait de cette acquisition et du fait d'avoir sorti des billets neufs de son portefeuille à l'égal des riches, persuadé que ces derniers procédaient de cette façon lorsqu'ils affirmaient leur supériorité financière au vendeur – diffusait depuis deux heures, un père à l'attention habilement détournée oubliant un quotidien sordide, et la mère vautrée à ses côtés à moitié dans les vapes avec ses fringues du boulot sur le dos lorsque c'était un bon jour. Mais ce n'était pas un bon jour.

« Ne compte pas sur moi pour te faire à bouffer ! » cria Maryse Guillot devant l'évier en entendant la porte d'entrée s'ouvrir.

Benjamin haussa les épaules en passant devant la cuisine, l'accueil maternel lui ayant coupé l'appétit.

« Putain de gosse ! Je vais t'apprendre à te foutre de ma gueule ! »

La mère poursuivit le fils jusqu'à la chambre, une bouteille de vin rouge dans la main gauche et le tire-bouchon dans celle de droite. Elle tremblait, l'écume aux lèvres, les yeux injectés de sang.

Benjamin posa son sac de sport sur le lit – un matelas en mousse sur un sommier à lattes ayant servi aux parents au début de leur mariage – faisant couiner le bois du sommeil bon marché, récupéra ses affaires sales, esquiva la gifle en passant près de sa mère, une gifle qu'elle ne lui aurait pas donnée de peur de casser la précieuse bouteille, et s'enferma à double tour dans la salle d'eau. Il attendit sous le jet d'eau chaude que l'éclat familier mourut comme il était né. Deuxième douche de la soirée dans le but d'être enfin détendu. Ventre affamé criant famine, il estima à environ une demi-heure son enfermement à réfléchir. Il tenta une sortie en pyjama, pieds nus sur le carrelage froid du couloir. Il écouta un instant, immobile, osant à peine respirer. Il fit quelques pas prudents vers le salon et contempla le spectacle de loin.

La mère somnolait, la bouteille posée par terre, les trois quarts du vin bu.

Le père s'empara du paquet de cigarettes jeté sur la table basse à côté de la télécommande. Il le tapota avec ses gros doigts et attrapa le bout de filtre sorti. Frank Guillot porta à ses lèvres la cigarette allumée. Il inhala profondément. Aucune lassitude à recommencer une fois, deux fois, trois fois et plus. L'extrémité rougeoyait ; les volutes de fumée s'élevaient ; une relative sérénité s'était installée dans la pièce.

Benjamin recula, abandonnant son père à la drogue Seita. Il entra dans la cuisine. Dans le frigidaire, il trouva de quoi se restaurer. Il posa sur le plateau une assiette contenant une tranche de jambon blanc, un camembert entamé, une pomme à la peau flétrie et talée, un morceau de pain, un couteau. Ce soir, il mangerait seul. Il se souvint de la maxime : « Mieux vaut être seul que mal accompagné » ; elle lui convenait parfaitement. Il dîna dans son antre sans penser au lendemain. Demain serait un autre jour.

3

Confucius avait dit lorsqu'il avait séjourné au pays de Qi, ancien état Chinois : « Un homme heureux se contente de peu ». L'idée, mêlée à un songe de grandeur dont le cerveau s'imprégnait avec lenteur, apparut absurde à la mère. Le corps s'y opposa, lui qui flottait dans un univers doucereux.

Maryse dormait encore lorsque le père et le fils décidèrent d'aller au marché ; il était 8 h 30.

Benjamin appréciait cette sortie dominicale entre hommes, cette pause en dehors du domicile conjugal leur permettant d'échanger en buvant un café-crème à la terrasse du « Bar du Centre ». Le père parlait de tout et de rien, du boulot et de l'avenir. Le fils écoutait, opinant du chef par moments en signe d'approbation. Puis la conversation s'orientait vers des propos moins anodins : le collège, les notes des devoirs sur table ou les filles. Ce matin-ci, les paroles dites furent plus amères que d'habitude sans franchir la zone des remontrances.

— Qu'est-ce que tu comptes faire ?

— Je n'en sais fichtre rien.

— Est-ce que tu as envisagé la solution, ne serait-ce qu'un instant ?

— C'est difficile.

— Non ! C'est pas dur ! Il y en a beaucoup d'autres avant toi qui l'ont fait sans se poser de questions !

— Plus difficile à faire qu'à dire.

— Te dégonfles pas ! Pense à après.

— J'y pense, tu le sais, bon sang. Y penser, je ne fais que ça. Ça m'obsède pendant des heures, puis ça passe.

— Alors fais-le et on n'en parlera plus.

Frank sortit les pièces qu'il avait dans les poches de son pantalon, les compta et les aligna dans la coupelle en plastique. Il se leva. Benjamin l'imita.

À 9 heures, les chalands ne se bousculaient pas entre les étals. Le père et le fils avaient le temps de flâner sans jouer des coudes. Les jours heureux, la déambulation les amenait vers le coin des épices où ils achetaient deux ou trois cents grammes de cette poudre jaune comme de l'or qu'ils mélangeaient par la suite aux nouilles cuites à l'eau afin d'assaisonner la noix de beurre fondue, une amélioration de l'ordinaire, mais aujourd'hui ils allèrent directement vers l'allée des fleuristes à la recherche d'un bouquet peu onéreux et bien fourni. Leur choix se porta sur un mélange de dix roses à la teinte grenat, cinq anémones blanches et trois tulipes orange ; de quoi plaire à n'importe quelle femme, jugèrent-ils en se questionnant du regard, et surtout à celle à qui ils destinaient l'offrande florale, car c'était la date d'anniversaire de Maryse. Chaque année, les deux hommes craignaient l'épreuve. Dieu était témoin du fait ; leur angoisse amplifiait jusqu'à la fin de la fatidique journée ; deux êtres sur le qui-vive.

Bouquet en main, le père et le fils partirent acheter des éclairs au chocolat, surtout pas au café – la dernière fois la confusion du parfum avait été fatale aux pâtisseries qui avaient terminé leur succulence dans la poubelle sous l'évier, et Benjamin les avait récupérées en douce pour les manger dans sa chambre la colère maternelle passée.

Tous les deux, très fiers de leurs trouvailles qu'ils s'en étonnaient encore après avoir payé, décrétèrent qu'il était temps de biffer quelques noms sur la liste des courses. Les carottes, les poireaux et les navets furent mis dans le fidèle cabas couleur jais des grands-mères. Les clémentines de Corse, luisantes de fraîcheur avec leurs feuilles étonnamment vertes évoquant la récolte sous un ciel azuréen comme si l'agriculteur les avait cueillies la veille, vinrent compléter les légumes. Exceptionnellement, un chèvre cendré en forme de bûche d'Appellation d'Origine Protégée des « Deux Sèvres » avoisinant les dix euros – une somme, cet achat ! –, apporterait la touche nostalgique si chère à une personne poitevine depuis trois générations au moins, fromage qui fut déposé avec moult précautions sur le dessus des victuailles. Avec ce dernier achat, ils se convainquirent d'avoir emprunté la voie du plaisir souhaité. Munis de leurs paquets, sûrs de n'avoir rien omis, ils rentrèrent bras dessus bras dessous sans se presser.

La cité s'était réveillée depuis leur départ.

Déjà, les « choufs » arpentaient les trottoirs prêts à crier « Artena » à la moindre lueur bleue sur la route nationale quitte à confondre, dans un excès de zèle, le gyrophare d'une ambulance roulant à plein régime pour sauver une vie avec celui des flics. Ils ignoraient les passants avec l'air dédaigneux des mômes qui encaissaient en une semaine le salaire d'un smicard. Ils s'amusaient à cracher vers le bitume, pour remédier à l'ennui, un mollard aussi gros qu'une chique.

Des appels fusaient d'une fenêtre à l'autre réclamant à ceux qui avaient mis le nez dehors, à qui la baguette de pain, à qui les pommes de terre qui manqueraient au potage du soir.

Des promeneurs de chiens augmentaient la cadence de leurs pas en direction du square dans l'unique but de satisfaire le besoin urgent de Médor.

Des gens.

Des vieux et des jeunes.

Des sportifs et des couche-tard.

Animation d'un quartier évoquant la grisaille.

Frank leva la tête vers le balcon situé au deuxième étage. Le volet roulant avait été remonté.

Maryse était levée. Elle les accueillit en pantoufles, une robe en laine bordeaux par-dessus un pantalon Leggin de couleur noire, coiffée et maquillée. Elle n'avait pas oublié la date alors qu'elle détestait son âge, prétextant qu'elle vieillissait plus vite que les ans lorsqu'elle exhibait les tavelures sur ses avant-bras et montrait les cernes sous ses yeux. Elle prit le bouquet et partit chercher un vase dans le salon.

Frank écarta les bras, fataliste. Les mots « c'est comme ça, il ne faut pas se formaliser mon fils, ne pas espérer un quelconque remerciement. Le MERCI sera peut-être prononcé, ou pas, à la vue du sac shopping en simili cuir que ta maman a reluqué dans la vitrine du chausseur André situé dans la galerie marchande de l'hypermarché » coincèrent dans la gorge.

Benjamin approuva la réflexion de son père sans l'avoir entendue en remuant la tête et entreprit de s'occuper du déjeuner.

Jour spécial qui hantait vos nuits et vous empêchait de dormir. Repas de fête, sans bougie ni chanson, durant lequel vous appréhendiez la foudre tapie dans l'ombre qui risquait de vous tomber dessus.

Contre toute attente, celle à qui s'adressaient les réjouissances avait apprécié les escalopes de dinde et les champignons de Paris directement sortis de la boîte de conserve, le tout poêlé puis noyé dans la crème fraîche à la moutarde, les pommes de terre Dauphine décongelées dans le four à chaleur tournante, et la bouteille Médoc Cru Bourgeois Millésime 2014, un vin rouge à 9,95 € acquis en promotion par le mari prévoyant afin de fêter dignement l'événement, un vin rouge qui avait remplacé la piquette habituelle sur la table.

Au chèvre cendré les larmes perlant aux paupières de Maryse annoncèrent l'enchaînement tant redouté. On venait de passer un cap, l'émotion pouvant être fatale. Père et fils se levèrent d'un bond, synchrone dans l'adversité. Frank s'empressa de déboucher la bouteille de champagne d'un prix fort abordable sans être classée « bas de gamme » dans le rayon des spiritueux – elle provenait du même supermarché que le Médoc –, et Benjamin ramena de sa chambre le paquet destiné à la belle que le père lui avait demandé de cacher.

De nouveau les larmes sur les joues poudrées du matin.

Bolduc au sol.

Papier cadeau froissé.

Sac trônant sur la nappe comme un trophée parmi les verres remplis du « pétillant ».

Éclairs disposés dans les assiettes blanches au liseré d'or – la famille les avait dénichées lors d'un vide grenier, seules rescapées d'un service du début du siècle.

Tout s'était déroulé à merveille pour une fois.

Après avoir ingurgité une tasse de mauvais café, Benjamin s'éclipsa. « Un sans-faute » souffla-t-il lorsqu'il s'assit devant son bureau, une simple planche en bois peinte en blanc sur deux tréteaux métalliques, quant à eux peints en rouge, après avoir ingurgité une tasse de mauvais café. Il jugea qu'un tel succès méritait une récompense. Il alluma son ordinateur, recula sa chaise, et attrapa la souris. Pendant qu'il était en train de se connecter à son jeu préféré, Maryse ouvrit la porte et envahit l'espace.

— Tu révises ?

— Tout à l'heure, M'man.

— Non ! Fais-le maintenant.

— Après. D'abord, je digère.

— Je t'accorde une demi-heure, pas plus.
— D'accord.
La crainte revint. Elle coula dans les veines et remonta jusqu'au cerveau. Perverse, elle brouilla les idées, emballa les battements cardiaques et provoqua une sueur froide qui dévala la colonne vertébrale. Benjamin tendit l'oreille. Impossible de savoir ce que ses parents disaient, le téléviseur en marche couvrait le dialogue parental. À ce niveau sonore, le petit écran rivalisait avec ceux des voisins en matière de nuisance. Mimétisme environnemental.

Mille huit cents secondes passaient très vite lorsqu'on était absorbé par une occupation prenante.

Au temps imparti, Maryse fit irruption dans la pièce.

— Putain ! J'en étais sûre ! Qu'est-ce que tu fous encore sur Internet ! Tu réviseras quand ?

Bouche cousue de l'adolescent incriminé. Pas de doute possible sur la signification de la page affichée sur l'écran. L'action consistait à désintégrer les adversaires de « Code of War » en tant que Snipper Strike de l'équipe virtuelle qu'il avait pu intégrer grâce à son mental d'acier et à sa rapidité. Tirs en rafales dans une ville bombardée. Ses potes anonymes comptaient sur lui lors de cet affrontement crucial où il fallait tuer un grand nombre de soldats pour conserver le score actuel. De quoi perdre la face s'il stoppait net la partie engagée.

— Tu me réponds oui ou merde !
— T'avais dit trente minutes.
— Et puis quoi encore ! Tu en as eu 5 de plus !

« N'importe quoi » murmura Benjamin.

Il n'y avait aucune logique dans le raisonnement d'une Maryse avinée. La biture qui l'aurait laissée raide mort dans son vomi n'était malheureusement pas atteinte. Le fils aurait préféré que sa génitrice cuvât tout son saoul ; au lieu de ça, elle le regardait d'un œil torve avec une morgue d'ivrogne qui ne chancelait pas.

Franck arriva à la rescousse. Il toucha l'épaule de sa femme. Il reçut en retour le coup promis à la descendance la veille au soir.

L'ambiance festive était en deuil. Rien de dramatique pour l'instant. Quitter les lieux avant les esclandres, avant la plainte pour tapage diurne, avant les blessures, car les craintes étaient fondées, à rester planté là comme un imbécile à supporter les récriminations.

Orgueil en berne et fuite en avant. Benjamin enfila sa doudoune et quitta l'appartement pendant que son père retenait sa mère par les poignets. Direction le parc et le panier de basket déglingué. Le terrain était détrempé. Il n'y avait personne avec qui jouer. Mauvais karma. Où aller pendant deux heures ? Chez qui squatter ? Le dilemme fut résolu en une fraction de seconde. Comment n'y avait-il pas songé avant ! Il téléphona à Guillaume avec le mobile qu'il emportait partout comme une deuxième peau, sachant que ce dernier habitait à vingt minutes en bagnole de chez lui. Il prétexta les révisions du brevet pour justifier l'incruste. Deux heures intelligemment occupées. Deux heures qui seraient un excellent alibi à sa fugue, sans en être vraiment une puisqu'il rentrait toujours au bercail ensuite. Deux heures plus lucratives que s'il avait essayé lui-même de résoudre les problèmes de maths.

La réponse affirmative chassa les pensées maussades avec son souffle bienfaisant. Benjamin releva le col de sa doudoune et mit ses mains dans les poches du vêtement chaud. Il n'avait plus qu'à patienter sous l'abri bus.

Afred de Vigny éprouvait en l'avenir une étrange constatation. « Tout homme a vu le mur qui borne son destin » avait-il écrit sur la feuille vierge.

Dans la classe du collège Émile Couhé, les murs étaient si proches qu'ils vous étreignaient avec une force herculéenne. Ils vous étouffaient par leur puissance et vous bouchaient la vue, aussi belle fut-elle.

Présent.

Le mot résonnait dans la salle Molière. Molière, un titre ronflant et péjoratif qui, loin d'évoquer la mémoire du dramaturge Jean-Baptiste Poquelin, collait comme de la poix au tronc squelettique de Thomas Lamoureux, comédien amateur dans une troupe se produisant huit à neuf fois par an, professeur principal enseignant la langue française à la classe nommée 3e 5, celle qui, justement, allait plancher incessamment sur l'épreuve de mathématiques ce lundi à 8 h 30.

En attendant la distribution des feuillets, Benjamin s'escrimait à comprendre les citations absconses en format XXL placardées sur les murs. Dur, dur de se creuser les méninges de si bonne heure, mais il fallait bien tuer ce temps à l'attente insoutenable. C'était quand même mieux que de regarder voler une mouche qui n'existait pas à l'instar de ceux d'à côté. Il aurait pu aussi compter les traces de craie sur le tableau mal essuyé, les morceaux de peinture écaillée sous le châssis de la fenêtre conséquence de l'humidité, ou bien le nombre de colonnes du très prisé radiateur en fonte, mais c'était déjà compter des chiffres, et des additions il y en aurait à foison dans les problèmes qu'on allait lui soumettre bientôt d'autant que l'usage de la calculatrice avait été interdit – une lubie d'un proviseur amoureux du calcul mental pour tester les capacités des futurs diplômés à ce premier brevet blanc, car il y croyait dur comme fer, le proviseur, à la « France d'en bas » parvenant à des postes à hautes responsabilités après avoir étudié dans des classes mal chauffées l'hiver, étouffantes l'été, et mal éclairées. Il s'occupait donc du mieux qu'il le pouvait – on aurait pu dire « intelligemment » – en essayant de mémoriser lesdites phrases lues, car il avait la ferme intention d'en placer une ou deux lors de la prochaine connexion à son jeu préféré. D'ailleurs, la semaine dernière, il avait prononcé dans le micro de son casque branché sur son ordinateur portable la phrase de Sun Tzu « Si l'adversaire est uni, semez la discorde » tirée de « L'art de la guerre » qui lui avait valu les approbations de ses coéquipiers dans le genre : « Ouais, mec, t'as raison » ou « T'as tout compris, mon pote ! ». Même issu du virtuel, entendre de tels compliments flattait son ego et le changeait des remarques familiales.

8 h 45 tapante. L'épaisse enveloppe 24 x 32 cm de couleur brune fut remise au professeur soulagé de ne plus avoir à patienter debout sur l'estrade, livré en pâture à la meute d'élèves. Ce dernier ajusta la monture noire de ses lunettes et tira sur les boutons de son gilet gris chiné ; Benjamin pensa aussitôt qu'il voulait en vérifier la fermeture, car il était frigorifié sur sa chaise et le binoclard devait être gelé, lui aussi, à rester sans bouger depuis que les élèves étaient assis ; tous dans le même bateau à ramer. Lamoureux décacheta, d'un geste solennel qui n'effraya personne, la chose dévorée des yeux.

Les révisions étant fraîches de la veille, Benjamin éprouvait une totale confiance en sa mémoire tel un sportif de haut niveau. « Les doigts dans le nez » qu'il s'était plu le matin même à avouer à la terre entière en s'habillant, loin d'imaginer les difficultés qu'il rencontrerait à la lecture des lignes. L'ange gardien Guillaume n'étant plus là, le diable avait repris de la vigueur, mélangeant avec un sadisme sans cesse renouvelé les formules apprises par cœur, les racines carrées, les puissances et les règles de trois. La mémoire devenue une passoire et le cerveau une éponge essorée, celui qui était si confiant la minute précédente tomba dans le gouffre sans fond des mathématiques oubliées.

Un match à gagner avec un professeur arpentant les travées en quête de la faute éliminatoire, tel était le ressenti de l'adolescent mordillant le stylo-bille aux quatre couleurs afin d'extraire par ce tic la solution de l'exercice qui était : quel sera le prix à payer des dalles en bois nécessaires autour d'une piscine ? – plusieurs modèles étaient présentés sur le polycopié à l'en-tête du rectorat, à l'élève de choisir celui aboutissant au tarif le moins onéreux.

Benjamin griffonna des nombres sur la feuille de brouillon rose, les multiplia pour les rayer ensuite, puis finit par se noyer dans cette piscine qu'il n'avait pas l'intention de construire là où il vivait. « Inconcevable. Il n'y a rien de concret là-dedans » pensa-t-il, « c'est bien un problème de bourgeois pondu par des intellos qui jouent aux prolétaires ».

L'alarme du téléphone portable de Thomas Lamoureux posé sur le bureau mit fin au calvaire.

Vacarme des chaises reculées d'un coup sec. Envie de déguerpir exponentielle.

Direction la cantine. Un bourdonnement digne d'une ruche peuplée d'abeilles communiquant entre elles le résultat de leurs recherches fructueuses… ou pas, et dans le cas Benjamin, c'était plutôt infructueux puissance N.

La cantine : un lieu impersonnel éclairé même en plein jour par la lumière froide des spots encastrés sous-plafond, des murs blancs, des vitres transparentes de propreté. Il y avait là un alignement de tables et de chaises en bois que l'employé, Madame Géraldine Touati, avait au préalable espacées d'un mètre. Elle avait mis toute son énergie à parfaire la tâche. Cette trentenaire d'origine asiatique, mariée et mère de trois enfants dont l'aîné qui réussissait brillamment en 4e 1, régentait les lieux, recadrant les perturbateurs rien qu'en les fixant avec ses yeux bridés. La répétition du brevet des collèges possédait des excroissances tentaculaires frappant l'esprit du devoir. Ils avaient tous été isolés les uns des autres. Sensation d'être puni avant l'heure. Privation d'un quelconque réconfort par une oreille compatissante.

Dans cet état d'âme où la communion s'apparentait au désespoir, Benjamin avalait difficilement les boulettes de viande cuisinées avec amour par l'entreprise de restauration qui avait pignon sur rue dans de nombreux établissements scolaires du département. Il entrevoyait le zéro pointé en marge de ses exos. Pourtant, il était sûr que son professeur de mathématiques ne pourrait nier l'importance du zéro qui avait permis à l'humanité de progresser ; ce zéro inventé par les Indiens au quatrième siècle ou peut-être plus, qu'importait l'exactitude de la date ; ce zéro de la chose qui soustrait à elle-même son existence pure ; ce zéro représentant le vide à combler pour ne pas sombrer ; ce zéro permettant la réduction de l'infiniment grand et la codification binaire – il avait lu tout ça dans une encyclopédie à la bibliothèque un jour où il se morfondait – ; ce zéro qu'il pourrait argumenter à son avantage dans l'ultime but qu'il fût biffé sur sa copie. Piquant des haricots verts dans son assiette, il observa Guillaume assis trois rangs plus loin devant lui. Revint alors à la mémoire de Benjamin une autre maxime si chère au capitaine : « Si tu perds espoir, tu es sûr de perdre ». « Foutaise » raisonna-t-il, « c'est bon pour le sport, pas pour un problème à la con ». Pourtant, en dépit de ses convictions profondes, il s'y accrocha en rêvant, à cette note proche du 8 sur 20 ; il n'osait pas espérer plus. Et déjà, il fallut repartir vers la salle des supplices.

Surprise ! Le plateau de la balance avait penché du bon côté pour le jeune basketteur ; la chance était synonyme de victoire ; l'épreuve serait remportée avec facilité, il était sûr de cela, car le texte à étudier était un extrait de « Demain, c'est loin » chanté par le groupe IAM, un texte sombre à en crever, criant de vérité qu'il récitait par cœur à ses moments de solitude amère. Ledit texte énumérait ligne après ligne la vérité des cités et des taudis, la vérité du crack, du sang dans les ruelles obscures éclaboussant l'asphalte, et des balles perdues, la vérité de l'argent sale, du vice, d'un quotidien où l'espoir finit dans une tombe. Le chanceux connaissait la chanson écrite en vers des rappeurs Marseillais, une poésie à l'alternance de rimes pauvres et suffisantes privée d'alexandrin où les champs lexicaux étaient issus du caniveau.

Benjamin noircissait les pages en dribblant les mots à la vitesse de son poignet. Il aligna les paragraphes en continu sous l'œil vigilant d'un Thomas Lamoureux au front plissé par l'incompréhension.

Le suspicieux professeur de français était à l'affût, empressé à débusquer le coupable et l'antisèche. Nul ne lui aurait jeté la pierre. C'était la discipline qu'il instruisait auprès de ces jeunes friands de SMS avec un langage spécifique fort éloigné de l'Académie française avec un grand A.

Les plumes glissaient sur le papier.

Les lèvres étaient pincées sous l'effort, la gorge était sèche, la déglutition difficile.

Au bout de 180 minutes, Thomas Lamoureux sonna le glas, libérant ainsi le groupe d'adolescents fatigués d'avoir eu le cerveau en ébullition toute la journée. On rangea les crayons dans la trousse et la trousse dans le sac à dos. On enfila à qui la doudoune, à qui la parka. On sortit muet comme une carpe d'avoir trop pensé.

Benjamin suivit le flot de collégiens vers l'extérieur, puis ressuscita au monde qui était le sien dans une rue aux réverbères allumés. Il consulta la montre reçue à son quinzième anniversaire de la part d'une grand-mère maternelle veuve qu'il ne fréquentait pas ; un colis arrivé par la poste, cachet du département de la Vienne. 17 h 30 aux aiguilles. La mère travaillant de 17 heures à 20 heures, parfois plus, serait absente. Le père, quant à lui, terminant sa journée à 17 heures tapantes, serait sûrement à la maison, fumant une énième cigarette avant le souper.

Benjamin rentra au logis sans tambour ni trompette avec la certitude chevillée au corps d'avoir donné le meilleur de lui-même.

5

Jean d'Ormesson racontait à ses amis dans un salon à l'atmosphère rendue chaleureuse par un feu crépitant dans l'âtre, un soir de pleine lune propre à la mélancolie, que « la vie est une fête en larmes, gaie et triste à la fois ».

Qu'y avait-il eu de gai dans les épreuves de la veille ? Des épreuves qui avaient été suées par tous les pores de la peau la boule au ventre jusqu'à ce qu'elles fussent devenues un parchemin sec et triste ? Et Benjamin doutait depuis son réveil de la réussite acquise.

Mardi matin. Un même lieu, d'autres sujets, d'autres sensations. Les devoirs à rendre au professeur principal – encore lui, fidèle au poste que l'administration lui avait attribué – correspondants aux matières Sciences, Histoire et Géographie, avaient eu un goût de bonbon acidulé fondant sur les papilles du candidat Benjamin. Les sujets décrivant le processus d'une plante, la structure d'une molécule, la deuxième guerre mondiale et l'urbanisation n'avaient plus eu de secret pour lui. Régulièrement, ils avaient été proposés à l'examen – en moyenne tous les quatre ans – et ces derniers n'avaient pas échappé aux statistiques, ayant déjà été traités dans les annales prêtées par Guillaume, une aubaine d'être tombé dessus pour l'élève qui ne brillait pas dans les performances scolaires.

Connaissant ses lacunes, Benjamin avait eu la sagesse d'ouvrir le petit bouquin avant de s'endormir. Il avait lu les corrigés – autant aller directement à l'essentiel – avec une relative assiduité entrecoupée de pauses « morphéique » et un courage qualifié « plus méritant » pour un collégien réfractaire aux études prolongées. Il les avait donc étudiés, la tête sur l'oreiller, pendant plus de trois semaines, à s'en exploser les neurones puisque les savants unanimes, sur la question, énonçaient haut et fort lors des colloques que le cerveau retenait ce qu'on lui soumettait en dormant – il s'était documenté à la bibliothèque du collège qu'il fréquentait de façon épisodique, source inépuisable d'enseignements pour qui voulait s'y abreuver.

Pendant le déjeuner pris de nouveau dans l'illustre cantine toujours aussi reluisante de propreté, preuve que les ados stressés demeuraient impassibles sur leurs chaises, il s'était félicité a posteriori de sa persévérance à viser la moyenne après avoir accepté l'offre de son ami bien qu'il eût râlé à maintes reprises avant de prononcer le « Oui » définitif, ayant eu du mal à saisir tout le bénéfice qu'il tirerait de cette proposition. Un bonus efficace, certes, mais ô combien épuisant et fastidieux. Et maintenant, après l'effort le réconfort, il allait savourer un après-midi tranquille.

Sport individuel en extérieur.

Le ciel hésitait : s'habiller d'un bleu délavé ou d'un gris souris. Quelques nuages s'immisçaient dans les zones libres, gagnant du terrain avec l'aide d'un léger vent du nord glacial. L'air saisissait les apprentis athlètes en partie dévêtus qui avaient hâte de se mouvoir.

Choix entre le saut en longueur, le saut en hauteur, ou la course de haies.

« Tant qu'à sauter comme un cabri et courir comme un lièvre, j'préfère courir en sautant » répondit Benjamin à l'appel de son nom. Il se rangea derrière Guillaume qui salua sa venue dans la file.

Le capitaine n'était pas idiot. Il avait remarqué que Nathan et Arthur s'étaient déplacés vers la droite du côté du sautoir en mousse, et Théo vers la gauche derrière Martin qui, lui, se tenait en position inclinée face au bac à sable, le premier des cinq, et prétendait à s'élever dans les airs avec aisance.

Marc, lui aussi, avait compris l'habile manœuvre d'un Benjamin fuyant la confrontation directe avec les emmerdeurs.

Benjamin écouta les conseils d'un Guillaume endossant le rôle d'un coach avisé préconisant le franchissement des obstacles sans les toucher : « Une attaque franche. Une esquive rapide. Une réception équilibrée. Ne pas piétiner entre les haies. Garder le rythme de la course ».

Benjamin enleva son sweat-shirt bleu marine et reçut de plein fouet le zef nordique. Les poils des bras dressés dans la direction du vent, il s'élança. Nathan et Arthur observèrent l'assaut du coin de l'œil en se poussant du coude, attitude qui ne passa pas inaperçu sur le terrain.

À la première haie franchie, le sauteur réussit tant bien que mal à atterrir sur ses deux guiboles.

À la deuxième, l'amplitude du saut manqua d'enthousiasme, la haie trembla, mais ne tomba point.

La troisième subit le même sort, car Benjamin, ayant perdu de la vitesse à cause de sa mauvaise réception, incarna le chevreau, bondissant pour limiter la casse.

À la quatrième, la foulée, victime de l'imitation précédente, s'écrasa contre la barre en métal galvanisé. Une basket aux lacets rouges mesura tardivement son erreur d'appréciation et fit un angle de 180° avec ladite barre. Benjamin perdit l'équilibre. Il s'écrasa au sol, les genoux embrassant le revêtement synthétique. Hilarité générale du côté des emmerdeurs. Un affront. Il les fusilla d'un mépris fulgurant ; sa vengeance dépasserait la hauteur de leurs ambitions sportives. Il essaya de les déstabiliser à son tour en leur lançant un regard torve. Peine perdue. Nathan, Arthur, et le reste de la clique étaient doués en athlétisme, à la limite de l'excellence lorsqu'on écoutait les résultats obtenus par eux. Écœuré par leurs performances, et pas des moindres, il programma son châtiment à une circonstance ultérieure qui lui serait plus favorable. Rester à supporter une énième épreuve : celle du retour aux vestiaires.

Guillaume, chevalier servant des causes perdues, ne lâcha pas son camarade, lequel fit front face aux sempiternelles moqueries qui ne reluisaient point par leurs nouveautés éculées, l'incrédulité ayant déserté sa mémoire. Le cauchemar se répétait, lassant d'habitude. Quelle était la raison de ces quolibets ? Il aurait aimé les connaître. Pour la stabilité de l'équipe des Tom Sanders, il souhaitait approfondir le pourquoi, comprendre la raison des mots sortis des bouches qui avaient exacerbé le ressentiment de celui qui était visé.

Le proverbe dit : « La vengeance est un plat qui se mange froid ». Il devint le leitmotiv de Benjamin. Mais la formule magique était fragile, tellement fragile qu'il aurait suffi d'un coup de pied magistralement donné pour l'envoyer valdinguer dans les décors de l'incertitude. Douter de la réponse à l'insulte était-il permis quand on se nommait Benjamin Guillot ? « Non » cria en lui-même le vengeur.

Et le doute disparut dans les abysses de la conviction.

6

Il y avait fort longtemps dans une université, Albert Einstein, entouré d'étudiants studieux, avait clamé dans l'enceinte : « La logique vous mènera d'un point A à un point B, l'imagination vous emmènera partout ». Et de l'imagination à la rumination, il y avait un gué qu'emprunta Benjamin sitôt quitté les vestiaires ruisselant d'odeurs suffocantes, mais il était seul à parcourir les quelques dizaines de mètres le séparant de la sortie, son acolyte Guillaume devant se rendre chez son dentiste pour 17 heures.

Les persiflages entendus avant de quitter le gymnase avaient mis le feu aux poudres ; ils avaient été la phrase de trop, la goutte d'eau faisant déborder le vase, les paroles insupportables qu'il fallait absolument enfoncer dans la gorge de ceux qui les avaient crachées si on avait le courage de ses actes, et du courage, l'offensé Benjamin n'en manquait pas. Il allait montrer à tous ces blancs-becs qui il était. Il ne fallait pas importuner le tenant du titre des Slam Dunk sous peine de représailles.

Alors l'ire coula dans les artères ; les globules transportèrent la haine. Une fureur sauvage aboutit aux muscles dès le portail franchi. Les paupières plissées jusqu'à ne former qu'une fente, le décor s'était évanoui comme par enchantement. Dans cette atmosphère évanescente où tout avait disparu balayé par la rage, un hurlement guttural fendit l'air un dixième de seconde, un instant d'incompréhension qui sembla une éternité à ceux qui s'étaient attardés. La tête en avant, les lèvres pincées, le visage violacé et les veines tellement gonflées qu'on pouvait suivre leurs contours de loin, la vision rétrécie, le vengeur se rua sur ses tortionnaires comme un cheval au galop n'ayant point l'intention de freiner son emballement.

La surprise s'évaporant comme le reste, les plus courageux s'écartèrent avant le point d'impact.

Armant ses mains du sac à dos qu'il serrait entre ses doigts à se briser les phalanges sous la contraction musculaire, Benjamin l'utilisa comme un fléau d'armes. Rugissant comme un lion dans la savane dévorant sa proie, beuglant comme un taureau à l'approche de sa promise, chargeant comme un cerf en rut. Il frappa à l'aveuglette tous ceux qui se trouvèrent à sa portée.

Stupeur générale. Murmures dans les rangs. On se pressait d'évacuer les lieux. Les plus rapides reculèrent jusque dans le caniveau ; les autres, en proie à la panique, se massèrent en un mouvement désordonné.

Lorsque l'arme moyenâgeuse ne suffit plus, l'assaillant abandonna l'objet au profit de ses poings. Les coups plurent de part et d'autre, éclatant les lèvres et bleuissant les faciès meurtris des moins dégourdis.

La riposte cingla l'attaquant. Benjamin repoussa les bras inexpérimentés s'efforçant de le ceinturer.

Plié en deux, Nathan se défendait mal.

Arthur avait de suite largué les amarres, délaissant son ami, dégueulant sa bile un peu plus loin sur ses pompes.

Pitoyable spectacle qu'offrait cette avalanche de coups de poing. Celui qui avait été visé fini par perdre l'équilibre. Il s'affaissa, le poids du cartable le tirant vers l'arrière. La gravité le fit choir sur le cul. Rigolade à la ronde. Fierté de l'exploit.

Benjamin était enfin « quelqu'un » ; du néant, il ressuscitait, visible, vivant.

Les deux corps roulèrent sur le sol et écrasèrent sous leurs poids les fientes des moineaux ayant picoré les miettes des goûters. Ils se redressèrent en titubant, reprenant des forces pour mieux combattre. Des voyeurs étrangers à la rixe se repaîtraient, spectateurs d'une baston qui animerait plus tard les débats pendant la récréation, mais aussi réalisateurs de vidéos sur leurs smartphones. Les pronostics couraient sur les lèvres intactes. Il était évident que les tweets alimenteraient les réseaux sociaux dès que les témoins du drame seraient rentrés chez eux.

Résultat du combat : des gouttes de sang souillaient l'asphalte au même titre que les chewing-gums collés depuis des générations de mômes, ces derniers se confondant avec les taches pourpres. Il n'y avait ni gagnant, ni perdant, dans ce combat absurde qui s'enlisait en faiblissant. Une impasse. Une ruelle obscure où chacun des protagonistes n'aurait jamais dû s'aventurer au risque de perdre un honneur dévalorisé. Un homme se risqua à pénétrer dans le lieu interdit.

Le CPE, conseiller principal d'éducation, bien qu'il fût sur le point de partir, avait surgi à l'improviste. Nul ne l'avait vu arriver, l'esprit focalisé sur le déroulement ici-bas. Paul Mansoui, un homme de trente-cinq ans du gabarit de Benjamin avec des muscles en plus et des fringues B.C.B.G, avait été prévenu par une âme bienveillante, mais laquelle d'entre eux ? Avec son regard d'acier et sa poigne vigoureuse, il calma les bagarreurs essoufflés par cette séance de boxe improvisée, redressant l'un, empoignant l'autre. Il mouilla la chemise en séparant le duo. Il isola les deux blessés, les poussant vers la cour du collège, faisant fi des bras tendus en provenance de l'attroupement qui continua à filmer malgré sa présence et qui finit par se dissiper petit à petit, emportant avec lui un Arthur peu glorieux. Circuler. Il n'y avait plus rien à voir.

Paul Mansoui trancha. Le favoritisme ne pencherait pas vers un des deux garçons, ayant jugé que la responsabilité était partagée. Tous les deux fautifs devant le trouble occasionné en pleine rue. « Triste époque » songea le fonctionnaire. « Des gamins qui se battent comme des chiffonniers, d'autres qui s'enfuient penauds face à l'humiliation d'avoir reçu un coup dans la tronche et qui essuient discrètement le sang sur leur visage, sans parler des imbéciles qui les regardent sans intervenir et qui ont le culot d'immortaliser la scène sur leurs téléphones portables. Ils se prennent tous pour des journalistes friands de faits divers. Et dire que demain, ils pourraient à leur tour subir la médiatisation de leurs camarades ».

« Je vous ai à l'œil, vous deux ». Le CPE retenait chacun des gamins par une épaule. « À la prochaine incartade dans l'enceinte du collège, ce sera le conseil de discipline, le blâme, l'exclusion, et j'irai jusqu'à demander le renvoi. Il sera inutile de plaider la mansuétude auprès d'un de vos professeurs. Ils se rangeront à mes côtés, croyez-moi. Vous êtes avertis. À vous de voir, la balle est dans votre camp. Je ne vous prends pas en traître ».

La voie étant libre, Paul Mansoui leur enjoignit de rentrer chez eux, ferma le portail et les regarda s'éloigner séparément jusqu'à ce qu'ils fussent hors de sa vue.

Tout en se dirigeant vers son bureau, le trentenaire réfléchissait en pesant le pour et le contre. Difficile d'équilibrer les deux plateaux de la balance de la justice ; fallait-il signaler la bagarre aux parents… ou pas. Après concertation avec le proviseur de l'établissement, Monsieur Joseph Cheval, Paul Mansoui ouvrit le tiroir aux classeurs suspendus et sortit les dossiers des deux garçons belliqueux.

Le dossier Nathan fut rapidement clos.

Vint ensuite la numérotation du domicile de Benjamin. Répondeur. Numérotation du premier téléphone portable qu'il lut sur la fiche de l'élève. Une voix de femme répondit. Cinq minutes après, il mit fin à la conversation, satisfait d'avoir accompli son devoir.

7

Sophocle n'avait pas hésité à proclamer devant l'assemblée grecque : « Parler beaucoup est une chose, parler à bon escient en est une autre ».

« La portée des mots n'a de valeur que celle qu'on lui attribue » pensa Benjamin en entendant sa mère qui gueulait dans le salon lorsqu'il entra dans l'appartement. Il s'étonna qu'il ait pu articuler le verbe « attribuer ». Où avait-il pêché ce langage de prof ? Ce devait être une phrase prononcée pendant sa dernière séance de jeu, des mots conçus par les créateurs puisqu'il ne parlait jamais de cette manière. « Drôle de langage ». Il n'arriva pas à déterminer si c'était bien ou mal. De quoi être déstabilisé pour la soirée, l'apparition maternelle en sus. « Elle ne devrait pas être là. Pourquoi est-elle rentrée de si bonne heure ? Putain, ça va être ma fête quand elle apercevra ma gueule ! ».

En trois enjambées, il avait parcouru le couloir. Il s'appuya contre le chambranle de la porte comme il avait l'habitude de le faire. Sur la défensive, il était prêt à intervenir. Sa mère, emportée dans ses récriminations, ne s'était pas rendu compte de sa présence.

Maryse vociférait, prenant à témoin son mari.

— C'est à toi de le mater, ce bon à rien ! Il nous apporte que des emmerdes ! Qu'est-ce qu'on va faire de lui si le collège le fout à la porte ? Il n'a même pas l'âge de bosser ! Et qui voudrait d'un branleur pareil ?

Franck ne répliqua pas.

Benjamin resta de marbre. Profil bas au seuil des griefs.

Maryse s'approcha du canapé et donna un coup de pied dans les genoux de son mari. Impassible, celui-ci encaissa.

— Couille molle ! Tu la fermes comme toujours ! Tu ne changeras donc jamais ! Mais qu'est-ce que j'ai fait au bon Dieu pour me marier avec un mou pareil ! Tiens, j'aurais dû me casser la guibole avant d'aller à la mairie, j'aurais eu le temps de réfléchir à la connerie que j'allais faire ! Même pas foutu d'être d'accord avec moi ! Tu le sais que j'ai raison !

Elle leva la main et cogna l'épaule du docile époux continuant à fumer.

Les volutes de fumée parfumées à la pauvreté qu'engendrait la condition des gens sans espoir d'avenir agacèrent la mère. Le ton monta d'un cran.

— Tu ne peux pas t'arrêter de cloper quand je te parle ! Regarde-moi ! Je viens de t'annoncer que le conseiller de « je-ne-sais-quoi » m'a téléphoné au travail ; je quitte le boulot en catastrophe, que ça va nous faire des sous en moins sur la paye, et tu la fermes en continuant à tirer sur ta clope de merde ! Tiens, je vais m'en jeter un pour me calmer, j'en ai vraiment besoin, là, tout de suite, sinon je vais finir foldingue avec cette histoire ! Peut-être qu'après avoir terminé ta clope, tu seras disposé à émettre un son ! vociféra-t-elle en se retournant.

Ce fut à ce moment-là qu'elle le vit. Elle ressemblait à la Gorgone avec ses cheveux ébouriffés par la colère. Le fils eut la sensation qu'elle l'aurait pétrifié sans aucun remords si elle avait détenu le pouvoir de la divinité. Les traits qu'il avait sous les yeux l'affligèrent. Après tout, c'était sa mère, celle qui l'avait enfanté.

Benjamin posa son sac à dos par terre. La règle en métal qui ne le quittait jamais teinta. Le léger bruit perturba la diatribe. Le père le détailla, hébété.

— Tu tombes bien, toi ! Attends que je revienne ! Tu ne perds rien pour attendre, sale morveux !

Maryse fonça, direction la cuisine et le réfrigérateur, le bousculant au passage.

Le père et le fils s'étudièrent longuement. Benjamin haussa les épaules. Des mèches de cheveux poissaient sur son sweat-shirt depuis qu'il avait enlevé sa doudoune. Des zébrures marron dessinaient un étrange motif sur les ourlets de son pantalon, c'était le triste constat d'une caresse avec le bitume souillé. Franck montra l'arcade sourcilière éclatée avec son index gauche. Le sang avait séché sur les sourcils. Le visage tuméfié portait les empreintes des doigts de Nathan comme autant de cicatrices bleuissant l'orgueil du battu, stigmates de l'altercation s'étant produite une heure auparavant. « Laisse, P'pa. C'est que dalle ».

La mère revint. L'agressivité émanant d'elle avait augmenté à un rythme aussi croissant que celui du vin blanc diminuant dans la bouteille ; l'équilibre du buveur notoire ; la cadence de l'ivrogne dans l'effort d'évasion. Avec sa blouse au logo « Propretnet » qu'elle n'avait pas eu le temps d'enlever dans sa précipitation à molester les responsables de ses malheurs – elle n'épargnait personne au domicile –, elle paraissait être une personne fort affligeante aux yeux du fils qui s'était tu. « Une femme qui boit, ce n'est pas élégant » pensa Benjamin en se méfiant de la réaction maternelle. « C'est pas la mère de Guillaume qui se comporterait ainsi ». Il n'avait pas pu s'empêcher de les comparer.

— Qu'est-ce que tu as à me regarder avec tes yeux de merlan frit, petit merdeux ? Tu te crois malin avec ta gueule ? Tu crois que cela m'amuse à être dérangé au boulot par ton surveillant et d'entendre au téléphone comment tu t'es conduit à la sortie du collège ? J'ai dû avertir mon chef. Qu'est-ce qui t'as pris de te battre devant tout le monde ? On n'a pas assez d'emmerdes avec ton père, il faut que tu rajoutes une couche sur la merde qui s'accumule ! Et avec quelqu'un de ta classe, si j'ai bien compris ce que l'autre racontait ! Pourvu que ses parents ne portent pas plainte. Ce serait le bouquet final. Comment veux-tu qu'on paye un procès ? Tu n'y as même pas songé, je suis sûre ! Ça ne t'a pas effleuré le ciboulot !
— J'en…
— La ferme ! Tu pouvais pas t'écraser comme tout le monde ! Tu crois que je réplique au boulot, peut-être, quand je viens de laver le hall de l'immeuble et qu'un connard marche en plein milieu ? J'écrase et je recommence, mais ça, ça te passe au-dessus de la caboche ! Y en a même, des gens, soi-disant comme il faut, qui prennent un malin plaisir à saloper le sol dès que c'est propre et que je viens de partir si tu veux tout savoir ; et ils le font exprès pour se plaindre au syndic qui lui se plaint au patron que le travail est bâclé lequel me convoque et me sermonne dans son bureau comme si j'étais débile sans avoir seulement vérifié ce que l'autre lui a dit. Des connards prétentieux, des vicieux ! Des cons que je supporte tous les matins ! Et quand je rentre chez moi, voilà ce que j'ai sous les yeux ! Merde ! Tu me donnes soif à gueuler après toi ! Restes ici ! Ne bouge pas ! Je n'ai pas fini avec toi !

Il n'aurait servi à rien de plaquer ses paumes sur ses oreilles ; on aurait toujours perçu les hurlements. Les voisins aussi devaient les entendre. Les cloisons étaient d'une minceur à vous faire frémir de dégoût. On avait beau essayer d'ignorer les sons étrangers dans ce HLM, on écoutait malgré soi.

— Approche, fils. Raconte.

Benjamin fit trois pas vers son père. Mais il préféra rester debout. En quelques phrases, il décrivit. Il omit la racine principale des maux, conséquence du drame vécu.

Franck évoqua les problèmes judiciaires qu'avait eus sa mère, lorsqu'il était enfant, suite à une conduite en état d'ivresse à maintes reprises. Il fallait à tout prix éviter qu'elle replonge dans ses travers. Boire à la maison était tolérable ; boire pendant le travail était inacceptable. Elle risquait sa place. À l'époque, la suspension du permis de conduire n'était pas parvenue sur la table de l'employeur, Franck ayant usé de stratagèmes avec la complicité de ses collègues pour véhiculer son épouse. Aujourd'hui, il n'était plus question de revivre pareille aventure avec les horaires qu'il avait obtenus à la municipalité, surtout depuis qu'il avait pris du galon ; il était responsable de l'équipe des jardiniers. « Les menaces représentent la force des faibles » argumenta-t-il. « Ta mère n'a pas tout à fait tort quand elle raconte ce qu'elle subit. Tu le comprendras plus tard, toi aussi ».

Si. Franck se trompait. Les menaces, Benjamin connaissait. Elles étaient justes différentes.

Le garçon songea au harcèlement enduré en fin d'après-midi, et à ceux des jours précédents. Le père ne pouvait pas comprendre puisque le principal intéressé ne relatait pas les faits. C'était son histoire, et non celle d'un étranger ; il la réglerait à sa manière, point barre.

— Qu'est-ce que vous complotez dans mon dos ? Il suffit que je m'absente deux minutes pour que vous vous liguiez contre moi ! Tu prends encore sa défense !

— Il m'a expliqué ce qui…

— Et toi tu le crois ! Il ment comme il respire ! Ton fils est un menteur ! Tous des menteurs ! cria Maryse en brutalisant

Benjamin ce qui eut pour résultat de rouvrir une de ses multiples plaies.

— Arrête. Laisse-le.

— Que je le laisse !

— P'pa.

— C'est ça, défends-le ! Tiens, regarde ce que tu as fait ! J'ai la blouse tachée à cause de toi ! Va falloir que je la lave de suite sinon cette saleté restera. J'espère qu'elle sera sèche d'ici demain ! Comme si je n'avais pas assez de travail quand je rentre !

— Viens, Benjamin, nous allons préparer le repas.

— C'est ça, allez-y en chœur ! Ne comptez pas sur moi pour vous aider ! Je vais passer mes nerfs sur cette putain de blouse !

La porte de la salle de bains claqua. Ils entendirent l'eau couler et Maryse qui s'acharnait sur le tissu en râlant.

— Va d'abord te changer, fils. Tu n'es pas beau à voir. Arrange-toi un peu. Passe des vêtements propres qu'elle oublie l'épisode si on y arrive.

— C'est pas gagné, P'pa. Tu as vu comment elle a réagi.

— Exact, fils.

Franck soupira, l'économe à la main.

Benjamin émigra dans sa chambre ; elle était son refuge, son havre de paix. Il refréna son envie d'allumer l'ordinateur et commença à se dévêtir. En caleçon, il arpenta les douze mètres carrés qui lui avaient été dévolus. « P'pa est à côté de la plaque. Pour lui, ça roule. Il ne vit pas ce que je vis au bahut. Peut-être que je devrais en discuter avec les potes sur internet ? Eux, au moins, ils ne savent pas qui je suis dans la vraie vie. Ils auront une autre opinion. Il est qui, Nathan, pour me juger ? Il n'a qu'un an de plus que moi ! Putain ! Ça ne fait pas de lui un champion de basketteur, ni un tombeur de filles ! Je suis certain qu'il se vante quand il raconte ses prouesses au pieu avec les gonzesses. Moi, je n'arrive même pas à bander, alors pourquoi, lui, il serait un as du cul ? Il me donne la gerbe ! ».

L'eau s'était arrêtée de couler.

Benjamin aspira à laver son amour-propre avant le dîner. La salle de bains étant libre, il prit possession des lieux. Lorsqu'il entra dans la cuisine, propre et changé, Franck était aux fourneaux. Maryse sirotait devant le téléviseur. La tempête s'éloignait avec lenteur du foyer conjugal.

Le meilleur des mondes possible.

8

Lorsque quelqu'un lui posait une question de prime abord anodine, Arthur Rimbaud répondait du tac au tac « il est dans la nature de l'homme de se tromper, seul l'insensé persiste dans ses erreurs ». Paroles rapportées par un des potes virtuels la veille au soir, lesquelles paroles avaient plongé Benjamin dans un scepticisme ennuyeux – réfuter ou bien adhérer, telle était la question du moment, du Shakespeare benjaminien –, et c'était elles qui avaient perturbé son sommeil. Conclusion : ce matin, mercredi, il était vaseux. Mauvais Karma pour l'entraînement de l'après-midi. Un état de demi-conscience qui risquait de s'étirer au fil des heures sans parvenir à y remédier. Il fallait confesser qu'il avait été à deux doigts de se lever durant la nuit, d'aller secouer cette mère au sommeil profond – elle ronflait – et de l'empoigner pour éclater ce minois couperosé contre le miroir de l'entrée, et ceci plusieurs fois ; une envie d'une telle puissance qu'il avait dû concentrer une montagne de volonté pour demeurer cloué sous la couette.

Dès qu'il eut posé les deux pieds sur la moquette de couleur gris foncé, il exécuta la décision prise au cours de son insomnie, confirmant ainsi l'expression : « la nuit porte conseil ».

Une volonté de fer dans un gant de métal.

Il s'activa à moitié nu, la peau encore tiède de la chaleur des draps, le cœur battant la chamade au fur et à mesure que l'excitation grimpait en puissance.

Les neurones se mirent en quête de la cachette dans les replis des souvenirs. À force de changer de planques de façon régulière, l'image des différents endroits de prédilection s'était altérée ; elle s'était diluée en proportion du temps passé.

Il y avait longtemps que le jeune homme avait abandonné l'idée des pièces de monnaie dans la boîte de conserve et des billets glissés sous la pile de draps, sous le matelas, au milieu des fringues ou entre les pages d'un livre – une idée qu'il avait pratiquée une seule fois avant d'y renoncer, car, ayant oublié le geste, il avait failli perdre les dix euros en ouvrant son bouquin en classe ; la leçon avait été retenue – ; maintenant, il était très prudent, trop manifestement puisqu'il avait oublié sa dernière planque.

« Putain ! Tout ça à cause de la soûlarde ! ».

Depuis que Benjamin avait constaté la diminution régulière de son magot amassé patiemment grâce aux quelques euros du père subtilisés lors des courses le dimanche et à ceux des fêtes religieuses – du fric donné par la grand-mère paternelle avec la complicité de Franck – de même qu'à son anniversaire – toujours la généreuse grand-mère –, il avait multiplié les caches. Et malgré son engouement à ranger lui-même son linge propre dans son armoire, à dépoussiérer ses meubles et à passer l'aspirateur – ce qu'il détestait, estimant que c'était une perte de temps puisque la poussière se déposait à nouveau sur le mobilier dès qu'il avait rangé le plumeau –, sa mère avait toujours un excellent prétexte pour explorer sa chambre lorsqu'il s'absentait, c'est-à-dire pendant les cours qu'il suivait de 14 heures à 16 heures, horaire de sa coupure à elle. Lorsque le premier larcin avait été découvert, il avait donc élaboré une stratégie qui se voulait décourageante devant la ténacité de Maryse à récidiver. Dans le meilleur des cas, la sécurité pécuniaire durait environ un mois, guère plus selon ses constatations ; dans le pire, le vol s'accomplissait le lendemain, de préférence un samedi jour du congé hebdomadaire, et il retrouvait sa génitrice ronflant comme un sonneur en travers du lit conjugal. Ironie du sort : tranquillité garantie au foyer le week-end grâce à la perte de son argent. Et maintenant, le scénario recommençait, il cherchait, il passait tout au peigne fin avant de s'habiller.

Ce fut lorsqu'il attrapa la dernière paire de chaussettes de tennis, celle enfouie sous les nombreux caleçons non repassés – en fait, quatre et pas forcément les siens, parfois un du père se retrouvait dans la pile sans qu'il ne sache comment il avait atterri là – qu'il sentit la rigidité du coton. Le soulagement fut à la hauteur de ses espérances : deux billets de vingt et un de dix s'épanouirent sous ses doigts, formant une splendide corolle, tels une fleur sauvage au printemps.

« Ils devraient suffire » évalua un Benjamin à l'air réjoui.

Alors le funeste avenir acquit une douceur encourageante ; le futur brilla pareil à l'astre solaire illuminant un destin moins tragique qu'il ne lui était apparu auparavant. Une lumière défragmentée engendrant un arc-en-ciel et celui-ci le transportait vers un horizon paisible. Argent en poche et estomac plein, Benjamin partit en direction de l'abribus fier comme Artaban, marchant sur un trottoir reflétant le prisme à l'image de ses baskets unisexes donc peu onéreuses, scintillantes sous un pâle rayon à cause de cette myriade de paillettes collées sur le similicuir qu'il n'avait pas réussi à arracher. À cet instant précis, le monde lui appartenait. Il ressentait dans les profondeurs de son âme la richesse que procurait l'argent non dérobé par les griffes maternelles. Le plan se profilait à l'horizon avec sérénité. Quoique…

Au cours de la récréation de 10 heures, une empoignade éclata. Motif de la querelle : des divergences à propos d'un match de foot de la ligue 1 entre les élèves de 3e 5 vantant les mérites de l'O M. et ceux de 3e 1, des sympathisants du P S G.

L'inégalité des opinions n'était pas bonne conseillère en ces temps où la révolte grondait à chaque coin du préau. L'étonnement de Benjamin fut à son apogée quand il aperçut son ami Guillaume au milieu de la mêlée en train de jouer le rôle du médiateur.

Diplomatie au collège Émile Coué.

La situation risquant de s'envenimer, défenseur de l'amitié, on vit soudain une tête dépasser les combattants.

— Il ne manquait plus que la petite bite ! ricana Nathan. De quoi tu te mêles ! Va jouer ailleurs ! On n'a pas besoin de toi ici !

— Tu as dit quoi, connard ?

— Je dis que ta bite n'est pas plus grosse que celle de ton père ! Tu veux une branlée !

Qu'une personne insulta sa mère, cela passait encore, il y avait matière à l'injurier, mais que l'attaque fut dirigée contre son père, Benjamin ne le toléra point. C'était traîner son paternel dans la boue, bafouer l'estime qu'il lui portait.

L'offensive ayant changé de camp, les 3e 1 se replièrent vers les urinoirs, un refuge stratégique nauséabond, mais sûr, la lâcheté n'ayant point d'odorat ; à moins que ce fût la venue de Paul Mansoui dans son beau costume, fidèle à lui-même, qui leur fit prendre la poudre d'escampette.

— Je constate que ce sont toujours les mêmes qui sèment le trouble.

— Il n'a pas participé, articula Guillaume. Il est arrivé après.

— Je les avais prévenus, ces deux fauteurs de trouble.

— J'ai tenté de les séparer, justifia Benjamin sur un ton revanchard qui impressionna nullement l'adulte en face de lui.

— Deux bons samaritains, toi et ton acolyte Guillaume. Moins de 24 heures, vous battez le record, vous deux, les sieurs Benjamin et Nathan, si je puis me permettre ce jeu de mots. J'avise de ce pas Monsieur Cheval. Retournez en classe, la fête se termine avec la sonnerie.

Le CPE veilla à ce que tous les élèves aient quitté les lieux avant de toquer à la porte du proviseur.

L'inutilité à désigner un responsable criait l'évidence, la déduction étant établie.

Prévaloir la dialectique.

— Cette attitude n'est plus tolérable, Monsieur Cheval. Il vous faut sévir avant qu'il ne soit trop tard. Nous finirons par perdre la foi du voisinage en notre institution. Ceux qui nous confient leurs progénitures finiront par les inscrire ailleurs. Évitons d'être dans le classement des zones d'éducation prioritaire avant que l'imminente catastrophe qui ne saurait pas tarder, causée par tout ceci, éclate. Ne le croyez-vous pas ?

— Évidemment, Mansoui. Cela va de soi. Convoquons les familles pour demain soir. Je m'occupe de cela sans tarder. Apportez-moi les dossiers.

Lesquels dossiers n'ayant pas été rangés depuis la veille, atterrirent sur le bureau de Joseph Cheval en moins de cinq minutes top chrono.

— Eh bien, vous avez fait vite, Mansoui. Bon, vous pouvez y aller. Je vous verrai demain matin avec vos collègues entre midi et deux.

La grisaille environnant le conseiller principal d'éducation avait, par une façon subite, perdu de son éclat. Les nuages de l'affrontement « parents-éducation nationale » s'éloignaient en quête d'une autre victime. Ils n'eurent pas à voyager fort loin ; ils entourèrent sournoisement le professeur de gymnastique.

Marc avait eu vent du désaccord manquant se terminer en pugilat. Contrarié, il entreprit d'amonceler contre la paroi du gymnase les tapis de sol ayant servi dans la matinée, occupant de cette manière à la fois son corps et son esprit. Il réfléchissait, accomplissant le rangement avec automatisme. Il peinait à trouver une solution. « Bon sang, ces adolescents sont infernaux. S'ils continuent sur cette lancée, je peux dire adieu à la coupe. Et merde ! Enfin si près du but et elle va nous passer sous le nez à cause d'eux ». Il calcula qu'il avait seulement quatre heures devant lui pour apaiser les tensions.

« Être libre, c'est être capable de décider en toute conscience ». Doctrine qu'enseignait Kant avant la révolution française, point de vue consistant à positiver la nature humaine.

Marc adhérait à l'idéologie kantienne. Un principe à mettre en œuvre dans l'urgence lorsqu'il vit les équipiers en train de se regrouper sur le parking pendant qu'il manœuvrait.

Les basketteurs étaient là à palabrer, appuyant leurs propos avec des mouvements saccadés, brassant l'air sous un ciel voilé, abandonnés par des parents les ayant largués avant l'heure afin de courir vers des préoccupations plus enrichissantes selon eux.

Avant de couper le moteur, Marc ressentit la menace qui sourdait, océan tumultueux qui dévasterait tout sur son passage. Cette dernière était palpable à cent lieues à la ronde, électrisant l'atmosphère. Ambiance tendue au sein du club. Il fallait absolument rétablir les règles du jeu bafouées par certains membres.

De dos, les garçons formaient une masse compacte. Pourtant, quelque chose clochait. Une illusion d'entente. Le groupe était en train de se fissurer sous l'impact des arguments virulents de Nathan, le leader fomentant le complot.

Marc étudia le rassemblement avec attention. Benjamin se tenait en dehors du cercle. Prudence ou ruse ? remarqua-t-il. Il jura, avant d'ouvrir la portière de la 308, qu'il dompterait ce jour l'incompatibilité d'humeur, et pour ce faire, il devait de suite isoler les dénommés Benjamin et Nathan. Il accéléra le pas. Il rattrapa les deux adolescents avant qu'ils n'eussent pénétré dans le gymnase.

— Il faut qu'on parle. Cela ne peut plus durer.

— Quoi ? Qu'est-ce que j'ai encore fait ? questionna Benjamin, persuadé d'être le coupable avant de connaître le motif de la remarque.

— La discorde entre vous deux perturbe l'entente de l'équipe.

— Ce n'est pas moi qui ai commencé, rétorqua Benjamin pour se disculper. Pourquoi vous vous en prenez à moi ? C'est toujours moi qui trinque. C'est parce qu'il est depuis deux ans dans l'équipe, c'est ça ? Alors, vous le ménagez. J'avais pas demandé à l'intégrer, moi, votre équipe. C'est vous qui avez insisté en début d'année pour que je m'inscrive. Pourquoi vous ne lui dites rien, à lui ?

La raison était aussi claire que l'eau hivernale suintant de la roche : le père de Nathan était un fidèle sponsor des Tom Sanders depuis l'inscription de son fils. Le discours tenu par Marc dans les minutes suivantes viserait à sauver le mécénat. Il ciblerait le résultat sportif afin d'étouffer le conflit ; une coupe aboutirait à la récompense des sacrifices et au chèque substantiel du mécène.

« Non, mon gars, tu fais fausse route. Toi aussi, Nathan » précisa Marc sur un ton intransigeant.

Les deux courbèrent l'échine sous l'affirmation. Penauds, ils ne fanfaronnèrent pas. L'entraîneur était le boss, et à ce titre : Respect.

« Pourquoi faut-il sans cesse que je vous le rabâche ? » s'insurgea Marc. « Ce n'est pas compliqué à saisir. Non ? »

Benjamin et Nathan se turent bien qu'une envie irrépressible de se jeter l'un sur l'autre les tenailla.

« Je vais encore une fois me répéter, et mémorisez un peu. Entrez ça dans vos caboches. Vous donnez à voir une image déplorable de vos personnes, et cette attitude déteint sur le club que vous représentez en compétition. Les ragots vont vite. À votre avis, que vont faire vos adversaires à la prochaine rencontre ? Ils s'immisceront dans la faille aussi mince soit-elle dans l'unique but de vous déstabiliser ».

Marc se heurta aux visages fermés. Deux rictus semblèrent poindre qui s'effacèrent aussitôt. Deux aimants repoussés se réfugiant dans leur position ; inaccessibles.

« L'animosité engendre le négatif entre partenaires. La mésentente sera le pain béni des concurrents à la prochaine rencontre. C'est contre productif. Merde ! Vous n'êtes plus des gosses ! Conduisez-vous en adultes ! Soyez responsables ici, à l'école, dans la rue, chez vous ! ».

Benjamin et Nathan furent sidérés par l'emportement soudain de leur coach et la grossièreté de son langage.

Marc reprit son speech sans changer d'un iota son intonation. « Nathan rapportera le sermon à son père dès ce soir ; j'aviserai plus tard ».

« Éviter de franchir l'irréparable sinon la sanction tombera tel un couperet ! Je guillotinerai celui qui ne se pliera pas au règlement en formulant l'éviction du club, règlement que vous avez d'ailleurs signé lors de votre adhésion ! Vous semblez avoir oublié son contenu ! »

Une seconde de réflexion avant de poursuivre.

Une seconde de temps mort dans l'espoir d'avoir été convaincant.

Une interruption pour calmer les nerfs à fleur de peau.

— Chaque personne se définit par ses choix. Je vous conseille d'opter pour la trêve.

L'univers sportif des deux joueurs s'était rétréci comme une peau de chagrin avec la recommandation de l'entraîneur.

Benjamin et Nathan se dévisagèrent quelques minutes, du venin contenu dans les iris, prêt à gicler par les pupilles.

Affrontement silencieux.

Marc patienta, immobile. Il consulta l'écran digital de sa montre.

Nathan fit ce qu'on attendait de lui. Il tendit la main.

Benjamin hésita à broyer les doigts de l'ennemi ; il songea au capitaine Guillaume et se rétracta.

Les phalanges se replièrent comme à regret. Les poings checkèrent, signant le pacte de la réconciliation devant témoin.

« Difficile à gérer ces deux-là » constata Marc en s'engouffrant dans le gymnase derrière eux. « Nathan profite de la faiblesse psychologique de Benjamin, et cela fait un moment que ça dure. Qu'est-ce qui ne tourne pas rond chez le Guillot ? Le gosse est au bord du précipice et l'autre le pousse chaque fois un peu plus afin de provoquer sa chute. La puberté n'excuse pas tous les comportements. Je le signalerai au psychologue dès demain ; lui, il saura certainement comment l'aider. Après tout, c'est son domaine, pas le mien ».

Détermination ou liberté.

Entrave ou libération.

« C'est la nuit qu'il est beau de croire à la lumière » Edmond Rostand.

Dans la nuit, la sombre nuit emplie de convictions personnelles et de désirs refoulés... ou pas, la pensée s'était matérialisée, revêtant le costume d'une paix intérieure, concrétisant le rêve le plus fou, concevant à la fois le pire châtiment et la noble clémence.

Dans la nuit, la sombre nuit illuminée par les enseignes lumineuses et les devantures des magasins, Benjamin allait. Il marchait sur les empreintes des passants vers la voie piétonne. Il marchait droit devant lui, froissant les billets dans la poche de son jean, ces petits bouts de papier réconfortants imprimés avec leurs monuments respectifs. Il marchait, garçon solitaire au milieu de la foule. Il marchait, sourd aux klaxons des automobilistes pressés, aveugle devant les gens qu'il croisait, indifférent vis-à-vis de celui ou celle qui le bousculait, car il marchait sans éprouver le besoin d'une halte, bravant les six degrés Celsius de ce mois hivernal, le tee-shirt collé au dos essuyé rapidement avec la serviette après l'entraînement, heureux comme il ne l'avait jamais été auparavant.

Arrivé devant la vitrine, il stoppa. À la voir dans la splendeur de l'obscurité, la façade de la boutique prêtait à confusion. Elle s'apparentait plus à un pub londonien avec son entourage vieillot en bois de couleur terne et ses inscriptions en lettres dorées qu'à sa fonction réelle, mais la ressemblance ne trompait pas longtemps le consommateur. Les dessins scotchés sur la vitre prouvaient à l'indécis que l'adresse correspondait bien à celle lue sur la page jaune de l'annuaire, lesquels dessins, occultant quasiment la totalité de la surface transparente, procuraient par cette initiative ce besoin d'intimité indispensable au lieu.

Benjamin tourna la poignée et poussa la porte d'une main engourdie par le froid. Un carillon tinta. Une voix cria : « J'arrive » derrière un voilage vert d'eau, une voix d'outre-tombe.

Regard circulaire.

Analyse des quinze mètres carrés environnant l'adolescent inquiet.

Des photographies encadrées tapissaient les murs, si nombreuses qu'il ne restait plus un centimètre carré de libre. Du sol au plafond, des morceaux de membres étaient exposés, nudité de la chair qui lui donna le tournis. Benjamin crut défaillir, sa vue se brouilla, ou alors ce fut l'odeur d'encre mélangée à celle de la peau ayant imprégné la pièce à force de stagner là qui perturba ses sens. Il lutta contre le vertige en détaillant ce qu'il voyait sur le mur de gauche. Il distingua le profil d'une tête de loup cernée d'arabesques sur une omoplate, une rose blanche, à peine éclose, recouverte de perles de rosée sur le dessus d'une main, le visage d'un pirate sur un bras musclé à l'image du « Pirate des Caraïbes » – « un fan de Johnny Depp » pensa-t-il –, le buste d'un homme d'une trentaine d'années entièrement peint de symboles tribaux, etc. Il n'eut pas le loisir de contempler la suite de cet étalage humain offert aux visiteurs, le tatoueur venait d'entrer.

— Nous avons rendez-vous ? questionna le sexagénaire à l'apparence patibulaire. Il portait un tee-shirt avec l'inscription « ACDC » imprimée dessus en rouge vermillon sur fond noir, un jean délavé et des « Nike Air Force 1 » qui déclenchèrent chez Benjamin l'envie de les chausser.

— Non.

— Dans ce cas, que puis-je pour toi, mon gars ?

— Un tatouage noir à cet endroit, répondit Benjamin en retroussant sa manche droite.

— T'es un futé, mon gars. Tu es à la bonne adresse. Tu as déjà une idée, un projet ou bien tu réfléchis encore ?

— Un arc tendu avec une flèche dans le style ancien.

— Genre « Robin des Bois » ?

C'était souvent le cas chez des jeunes de son âge amoureux des jeux de rôle en plein air et des fêtes médiévales.

— C'est ça.

— J'ai en boutique ce que tu veux. Je vais te montrer des croquis. Tu souhaiterais ça pour quand ?

— Ce soir.

— Oh, mon gars, tu y vas fort ! C'est que j'ai du boulot. Je bosse, moi. Là, avant que tu ne rentres, j'étais en train de dessiner un motif compliqué à plusieurs couleurs que je dois présenter à mon client avant samedi soir. Je n'ai vraiment pas le temps de me consacrer à toi maintenant.

— C'est que je suis un peu pressé.

— Vous êtes tous pressés, vous, les jeunes.

Benjamin fixa le tatoueur avec un air contrit.

— Tu as du fric au moins ?

— J'ai ça, répliqua Benjamin en sortant les billets de sa poche.

— Ça fait combien en tout ?
— 50.
— C'est peu.
— Ben, ouais.
— Bon. Comme tu m'es sympathique, voilà ce que je te propose. Je continue mon crobard pendant que tu consultes le classeur. Tu choisis et tu m'appelles lorsque tu es sûr, pas avant, pas question que je m'interrompe pour te fournir des explications sur les dessins. Allez. Je te laisse le feuilleter sur le comptoir, dit-il en poussant vers le garçon un gros classeur gris.

Le tatoueur disparut derrière le voilage.

Benjamin aperçut la silhouette de l'homme, perché sur un haut tabouret, le corps penché en avant vers une table inclinée rappelant celle des architectes. Il ouvrit le classeur et tourna les pages plastifiées comportant des modèles de petits formats aux thèmes variés. Il supprima des suggestions les notes de musique, les chats, les chiens, les cœurs, et les autres auxquels il attachait peu d'importance jusqu'à trouver la planche qu'il cherchait. Il dénigra un arc dont la forme paraissait être un entrelac de feuilles, un autre figurant deux arcs tirant une seule flèche, un troisième au trait grossier, et jeta son dévolu sur un arc de style moyenâgeux plus viril à son goût qui devrait aussi plaire aux filles.

— C'est bon.

— Fais-moi voir, demanda le tatoueur après avoir écarté le rideau.

Benjamin leva le classeur, haut, très haut, comme s'il voulait vaincre l'apesanteur au lieu de l'appréhension.

— OK. Viens par ici.

Alors, l'adolescent passa de l'autre côté du mur en tissu au retour impossible. Il découvrit un monde opposé à celui qu'il venait de quitter à l'instant. Autant l'autre foisonnait de teintes criardes et de lignes entremêlées, autant ici le blanc régnait en maître, un rappel à la blancheur des hôpitaux et des blouses médicales, un clin d'œil à la pratique chirurgicale, gage du sérieux de celui qui ne tarderait pas à officier.

— Et, mon gars, qu'est-ce que tu attends ? Assieds-toi sur le fauteuil. Il te tend les bras. Bon, jeu de mots facile, je conçois. C'est comme pour une prise de sang. Tu t'installes de la même façon et tu me tends ton avant-bras.

Benjamin blêmit à la vue des gants en latex enfilés par le tatoueur.

— Oh, mon gars, tu ne vas pas tourner de l'œil au moins. Dis-moi, tu t'étais renseigné avant de venir ?

— Non, confessa Benjamin, avec une trouille qui lui tordait les boyaux et lui nouait l'estomac.

— OK. Je vois. On reprend depuis le début. Un, ce n'est pas une partie de plaisir ; tu peux avoir mal pendant que je te piquerai et si la douleur devient insupportable, tu respires à fond pendant quelques minutes. Sophrologie, méditation, déplacement de la douleur, tu nommes ça comme tu veux, je m'en moque, et je reprends. Deux, tu désinfecteras avec un antiseptique que tu te procureras à la pharmacie au bout de la rue. Et ne te bile pas, c'est vendu sans ordonnance et le pharmacien a l'habitude, c'est un de mes clients. Ensuite, tu changeras le pansement pendant un mois, au début trois à quatre fois dans la journée, après tu espaces. Il est inutile de t'arracher les poils à répétition avec le sparadrap. L'important est que la peau ne rougisse pas autour du tatouage, c'est pourquoi il faut que tu respectes à la lettre ce que je suis en train de t'expliquer. Tu ne grattes pas les croûtes. Jamais ! Tu as bien saisi l'importance de l'enjeu ; ce sera tentant parce que ça démangera, mais il ne faut pas, elles doivent tomber d'elles-mêmes. Tu ne prends que des douches. De cette manière, tes croûtes, elles ne ramolliront pas. Et surtout pas de soleil, mais là, je suis tranquille, on est au mois de mars, le soleil, ce n'est pas pour demain. Ça va ? Rassuré maintenant ? On peut y aller ?

— Ben…

— Quoi encore ?

— J'aurais plus de fric pour la pharmacie.

— Tu es vraiment un nase dans ton genre, toi. Tu te pointes chez moi comme une envie de pisser et tu n'as pas prévu les thunes. Je te rends ton billet de dix. Tu iras acheter le médoc en sortant. Je ne veux pas que ça s'infecte. J'ai du professionnalisme à revendre. Tu m'apporteras le reste plus tard. C'est OK pour toi, mon gars ?

— Oui. Merci.

— Ne me remercie pas, et oublie l'aiguille. Il vaut mieux que tu regardes ailleurs si tu te sens mal. Déjà que tu es pâle comme un linge, prends sur toi, mon gars. Ça ne traînera pas, je te le garantis.

Ailleurs : c'était l'autoclave en inox reflétant la lumière de la lampe dirigée vers lui ; c'était l'alignement des buses, des manchons, des tiges porte-aiguilles, lesquels trempaient dans des haricots eux aussi en inox dans l'attente d'être stérilisés ; c'étaient les flacons d'encre aux multiples couleurs disposées sur deux étages sur une table en Formica gris clair identique à celle d'un piano de parfumeur. Non. Il valait mieux observer le tatoueur que l'ailleurs à la froide neutralité qui lui foutait encore plus la trouille.

Le sexagénaire soupçonna un malaise persistant.

— Pourquoi ce motif ? interrogea-t-il, souhaitant détourner l'attention de l'adolescent.

— « Cupidon de la mort ».

— Ah. Pas mal trouvé la contradiction. Tu veux tuer l'amour de qui si ce n'est pas indiscret ?

— Personne en particulier, réfuta Benjamin.

— Si tu le dis, soupira l'homme en levant les yeux, le tatouage étant terminé. Qu'est-ce que tu penses de ce travail, mon gars ?

Benjamin ne voyait pas grand-chose avec tout ce sang qui dégoulinait au fur et à mesure que le tatoueur épongeait.

— C'est beau.

— Pour que cela soit beau, il aurait fallu de la couleur ; minimum, une tache rouge comme en ce moment, ça aurait eu plus de gueule, ça aurait fait plus vrai. On pourra toujours compléter après la cicatrisation lorsque tu seras décidé ; quand tu auras aussi réuni la somme. La couleur est plus chère que le noir.

— Je vais y penser.

— Allez, je te libère. Tu ne touches pas au pansement ce soir. Tu m'as compris. Fonce à la pharmacie avant qu'elle ne ferme. Il est déjà tard.

— Merci.

— Je t'ai déjà dit de ne pas me remercier, mon gars. File. J'ai du boulot qui m'attend.

Le carillon tinta. La porte d'entrée fut verrouillée sur une nuit sans étoiles.

« Et merde ! Je suis trop bon. Je vais encore finir passé 21 heures. Fichu métier. Il faut vraiment avoir la foi ». Le tatoueur retourna à la désinfection et à la commande du samedi.

Benjamin ressentait les picotements en avançant vers son immeuble. Ils n'étaient pas justes une douleur résiduelle, ils représentaient la chrysalide d'où surgirait le nouveau

Benjamin. La nuit peuplée de ténèbres n'existait plus ; au contraire, elle flamboyait, et lui seul la percevait.

11

Un proverbe Gabonnais dit : « Le fleuve fait des détours parce que personne ne lui montre le chemin ». Pauvre fleuve aveugle perdu au milieu de ses méandres alors qu'il en existait un, unique par sa personnalité, dissimulé sur la terre aux confins de l'oubli, un qui savait.

Le chemin avait été montré à Benjamin au cours de réflexions prémonitoires – ces méandres de pensée qui lui avaient été offerts –, et il le suivait à la lettre, ramassant les avis les uns après les autres que les personnes auxquelles il s'était confié, attentionnées, avaient laissés pour lui. Il était à la fois Benjamin en chair et en os et ce « Petit Poucet » du conte de Charles Perrault s'enorgueillissant au fur et à mesure que défilaient les heures depuis la veille au soir en songeant aux appréciations du pharmacien et des internautes. Et ce matin, grâce au talisman incrusté dans son épiderme, il était gonflé à bloc pour affronter les résultats du brevet blanc. Il était confiant. Rien ne saurait lui résister. Rien n'entraverait sa route. Non, vraiment rien. L'esprit dégagé de toute emprise, il savourait cette liberté si chèrement acquise. « Pourquoi la société exige-t-elle le sacrifice de cet orgueil nouvellement né sur l'autel de la vanité ? L'orgueil accapare et accable l'individu, mais pourquoi se défaire de celui-ci ? Il me galvanise », pensa-t-il en gravissant les trois marches de l'autobus. « Regarde-les tous, mec. Ils ont la convoitise aux bords des yeux et la langue pendante du vide absorbé. Putain !

Qui éprouverait le désir à prendre notre place, à nous, les banlieusards, les oubliés de la nation ! Qui ? Est-ce que quelqu'un peut me le dire ? Même Guillaume n'échapperait pas à ce verdict sanglant égorgeant notre quotidien ; sûr qu'il ne me contredirait pas, lui qui vit dans un beau pavillon dans un lotissement de bourgeois. Ce serait pourtant facile d'y remédier d'un coup de baguette magique : être né ailleurs, dans une autre famille, avoir d'autres parents avec des putains de couverts en argent posés de chaque côté de l'assiette et des verres en cristal et l'inconnu ici, chez nous, un inconnu enfermé dans notre prison bétonnée aux murs miteux vomissant la désolation jusqu'au hideux carrelage. Être né ailleurs pour souffrir un peu moins tous les jours. Putain de hasard de la naissance ! »

Les griefs familiaux, Benjamin ne les épanchait jamais. Il les gardait enterrés en son âme depuis si longtemps qu'il aurait eu du mal à les exprimer à voix haute s'il avait dû le faire. Il avait assez pesé le pour et le contre, et trop comptabilisé de « pour ». Il s'abstenait aujourd'hui d'émettre une quelconque confidence. Seuls, parfois, quelques mots étaient balancés dans une phrase comme la dernière fois dans la voiture lorsqu'il avait parlé d'un monde dégueulasse sans avoir approfondi son idée.

L'arrêt de l'autobus fit émerger nombre de voyageurs. Le flot d'ouvriers, d'employés – tous sexes confondus, femmes et hommes de tous les âges et de toutes les conditions sociales –, de collégiens, descendit du véhicule ; une nuée de personnes disparates s'évaporant dans le dédale des rues, adepte d'une marche censée apporter ce bien-être nécessaire pour attaquer la journée, à eux, les nantis du travail.

Salle Molière.

Des jeunes gens assis en apnée devant un Monsieur Lamoureux au visage impassible.

« Avec ce que j'ai entre mes mains », commença le professeur principal, « certains d'entre vous doivent s'attendre à un échec cuisant. Des devoirs dont les notes sont comprises entre 5 et 8 selon la matière. Ce sont vos parents qui seront contents de vos lacunes, pas de quoi être fiers ».

Les dos s'arrondirent sous la certitude professorale formant une voûte fragile qui s'écroulerait sous l'œil accusateur parental dès l'annonce de ladite note.

« Quant aux autres – il y en a quelques-uns sauvés du naufrage intellectuel, Guillaume et Émilie pour ne citer qu'eux, – elles avoisinent plus ou moins le 15 sur 20, ce qui rehausse la moyenne de la classe. Quand j'additionne le tout, j'obtiens un résultat de 11, 8. Un score qui aura le mérite de s'élever vers les hauteurs des palmes académiques si chacun y met du sien, a la niaque dans ses tripes comme vous le proclamez si souvent. Alors, montrez-moi cette niaque. Prouvez-moi que j'ai tort, d'ici le mois de juin, à considérer la 3e 5 comme étant la plus faible des troisièmes de ce collège. Un trimestre pour être dans le top 50 des diplômés. Avec des révisions assidues et des leçons apprises et rabâchées. Faisable ».

Distribution des copies du brevet blanc dans un silence sépulcral.

Les doigts serrèrent l'avant-bras. Un réconfort. Benjamin sentit la présence du Saint Graal sous les couches de tissu, baume apaisant lui apportant cette force qui lui avait tant manqué depuis sa naissance, qui distillait à présent cette invincibilité venimeuse dans une bulle invisible. Désormais, sa vie quotidienne au bahut n'allait plus être un cauchemar ; exit le souffre-douleur ; fini de vivre dans la crainte, dans la hantise du lendemain noir ; dorénavant, la situation allait prendre un nouveau tour, il le jura en lui-même sur ce qu'il avait de plus précieux : son ordinateur, un allié qui ne l'avait jamais trahi, lui. La paume du professeur principal s'abattit à côté de son bras. Le son mat du bois ébranlé le sortit de sa flânerie mentale. Il revint au présent et connecta ses deux hémisphères cérébraux à la situation présente.

« 4,5 sur 20 en mathématiques, c'est nul, Guillot. 12 en français, pas trop mauvais. 11 en sciences et 8 en histoire géographie, moyen » annonça Lamoureux en lançant les feuilles, lesquelles terminèrent leur vol plané sur la trousse et ensevelirent le nécessaire à l'écriture si cher à l'écolier.

Les notes réduisirent à néant les espoirs d'un week-end à lézarder, peinard dans la chambre, maître de la souris.

« Ce sont vos parents qui seront ravis d'apprendre la performance à votre brevet blanc dans le bureau de Monsieur Cheval tout à l'heure, Guillot. À voir votre tête, je devine que vous n'êtes pas au courant. C'est le CPE, Monsieur Mansoui, qui m'a confirmé votre convocation. Maintenant, vous savez où vous devez vous rendre à 17 heures 30. Je continue la distribution. Vassali, pas terrible vous aussi… ».

Le discours de semonces voguait sur une mer houleuse.

L'adolescent déçu était pris dans un tourbillon de chiffres où la moyenne des notes ne dépassait pas le 9 sur 20 en dépit des efforts consentis avec Guillaume. Il se souvint de la phrase du père qui n'arrêtait pas de lui répéter : « Fils, n'ouvre pas une porte que tu ne saurais pas refermer » ; mais, là, à cet instant précis où le sol se dérobait sous lui, il aurait bien aimé la refermer, la porte de chez lui, la porte de cet appartement maudit, et partir loin, très loin, aux « States », ce pays où les « Gamers » deviennent des « Winners » sans avoir le bachot, où ils vont draguer les filles les poches remplies de fric à force de gagner les tournois.

« Il faudrait s'enfuir avec le père et rafler les thunes sur le livret A, laisser derrière nous cette vie de merde, et tant pis pour la vieille ; qu'elle crève, elle et sa bouteille à la con », prophétisa Benjamin sans vraiment croire à ce qu'il souhaitait. « Pathétique ».

12

Le sage était assis en tailleur sur une natte à même le sol depuis que l'aube avait paru. Il dictait aux moines bouddhistes l'entourant : « Ne craignez pas d'être lent, craignez seulement d'être à l'arrêt ».

Plaque de laiton gravée clouée sur la porte.

À l'arrêt, tous les trois, ils l'étaient, le père, la mère et le fils, dans la salle réservée au proviseur. Cette dernière avait été aménagée avec un mobilier industriel typique : un bureau, deux armoires, un meuble à tiroirs, un meuble sur roulettes, trois chaises, un fauteuil, des étagères remplies de boîtes à archives en carton rouge et blanc, des reproductions de tableaux encadrées pour égayer cet univers gris propice à la sinistrose et au tsunami des doléances.

Le père, les bras croisés sur le ventre, gêné aux entournures, essayant d'endosser le rôle d'un chef de famille aux actes rationnels, ne trompait personne tellement il était gauche sur cette chaise en bois, croisant et décroisant les jambes, veillant à garder son buste droit comme son père le lui avait appris dans sa prime jeunesse quand il devait se tenir devant une personne importante. Cette prouesse physique qu'il endurait avec détermination consistait à fixer l'image en face de lui, « Les iris » de Vincent Van Gogh, accrochée sur le mur autrefois blanc jauni par les années. C'était aussi la vision d'un Franck Guillot soutenant le regard du proviseur alors qu'il n'avait qu'une idée en tête : la Fuite. Fuir ce faux tribunal où l'accusation d'irresponsabilité l'atteindrait en plein cœur.

La mère se voulait imposante face au représentant du rectorat avec un maintien digne d'une reine présidant un conseil de dignitaires. Pourtant, l'illusion se lisait sur ses traits comme dans un livre ouvert au chapitre I présageant déjà l'intrigue ; un bouquin à la quatrième de couverture pitoyable avec la photographie fournie pour la bonne cause dévoilant une couperose prononcée qui teintait les pommettes et rougissait le nez. Afin d'honorer le rendez-vous, Maryse Guillot avait dédaigné ses tenues habituelles au profit d'un ample pull chiné bordeaux, d'un jean de couleur noire dans lequel elle boudinait, et des bottes de pluie en plastique rouge – elle avait déboutonné un manteau marron aux rayures gris foncé – ; on frisait la faute de goût vestimentaire. En un mot, elle était ridicule, vêtue comme un sac de patates.

Et le fils, qui tentait en vain de rentrer dans un trou de souris tellement il avait honte. Honteux, ni de sa conduite, ni de ses notes, mais de sa filiation. Les mains dans les poches de sa doudoune, Benjamin meurtrissait ses doigts pour s'empêcher de hurler.

Monsieur Joseph Cheval observa longuement le trio derrière ses lunettes rondes. Il prolongea son observation en attrapant un mouchoir en papier dépassant de la fente d'une boîte posée sur son bureau en prévision d'un rhume, et entreprit de nettoyer d'une façon méthodique ses verres de myope ; d'abord le centre, puis les bords avec la prétention de dessiner des ronds parfaits grâce à son pouce et à son index de la main droite. Cinq minutes d'une tension terrible où on entendit dans la pièce la déglutition des parents Guillot à tour de rôle.

Le méticuleux nettoyage terminé, Joseph Cheval ajusta sa cravate, tira sur les manches de sa veste bleu marine, se racla la gorge, et entama enfin le préambule.

« Bon. Nous sommes réunis dans mon bureau pour parler du comportement de Benjamin. Qu'il se bagarre dans la rue devant le portail, je peux le tolérer – bien que l'incident fût ovationné par certains collégiens, je l'ai vu de ma fenêtre, je le regrette vivement, et je ne parle pas des vidéos postées sur le Web, car celles-ci vont le suivre toute sa vie et lui porter préjudice dans sa recherche d'emploi –, mais que votre fils réitère dans la cour du collège, je ne l'accepte pas, et ne l'accepterai jamais. Cela est inadmissible. Il en va de la réputation du collège ».

Coup d'œil méprisant de la mère vers l'accusé significatif d'une raclée future. Intimidation visuelle en cours loin de s'apaiser.

Benjamin serra instinctivement son sac à dos contre lui comme s'il s'attendait à recevoir des coups entre ces quatre murs, vieux réflexe protecteur de celui qui avait l'habitude. La menace serait-elle exécutée dès la sortie du bureau ou plus tard ?

Indécision du père à défendre son fils.

Devant le mutisme du trio, Joseph Cheval continua sur sa lancée.

« Et j'ai aussi consulté ses résultats au brevet blanc dans la foulée, ne souhaitant pas vous signifier un jugement hâtif de ma part. Malheureusement, au vu de cet examen approfondi, l'institution finira par le pulvériser si les notes chutent encore. Avoir eu 4,5 sur 20 en mathématiques et 8 en histoire géographie me fait dire que les leçons n'ont pas été apprises ».

« Ce môme est un paresseux introverti » avait jugé Joseph Cheval lorsqu'il avait pris connaissance des comptes rendus de ses collègues, « un sujet bientôt dernier de sa classe ».

« Un cancre ! aurait crié sur tous les toits l'instituteur de mon village » pensa-t-il devant eux. « À glisser sur cette pente raide, les professeurs seront vite démotivés et le laisseront tranquille dans son coin jusqu'à fin juin. Et Sergent qui croit le sauver avec la pratique du sport ». Il reprit le monologue, accélérant les mots afin de noyer leur compréhension.

— Je soumets à votre approbation un soutien scolaire et des consultations médicales après la cantine, à alterner suivant le planning. J'ai déjà glissé un mot aux deux professeurs et au psychologue. Que pensez-vous de cette proposition ?

Les têtes tournèrent. Concertation parentale.

— Si cela peut l'aider, prononça Franck Guillot du bout des lèvres.

— Et toi, Benjamin, que penses-tu de ce soutien ?

— J'avais révisé avec mon copain Guillaume.

— C'est bien, mais cela ne remplace pas un professeur expérimenté. La balle est dans ton camp sinon ce sera…

Enjeu décisif.

Joseph Cheval suspendit sa phrase ; une subtile pratique qui donnait lieu à diverses interprétations : redoublement, CAP, BEP, centre éducatif fermé pour les cas extrêmes… puisqu'il n'avait pas précisé la signification exacte de la finalité des études.

— C'est pour mon pote que j'ai morflé avec le CPE. J'avais rien fait. Que dalle. Il m'a pas cru et y avait des témoins pleins la cour. Le Nathan, il harcèle les petits ; il vise les faibles ; il est connu dans le bahut. Il n'y a qu'à se renseigner, tous vous le diront.

— Là, Benjamin, nous parlons de toi uniquement. Chaque chose a sa place. Réglons un problème après l'autre. La notion de justice est fluctuante, ajouta Joseph Cheval sans ciller comme s'il raisonnait pour lui seul. Alors, sommes-nous d'accord ?

— Ben, ouais. J'ai pas vraiment le choix.

— Parfait. J'aviserai dès demain matin les deux professeurs concernés par ton soutien, dit-il, conservant le rythme des phrases dans la voix et l'intonation. En revanche, le psychologue n'étant présent dans nos murs que trois fois par semaine, le lundi, le jeudi et le vendredi, ce sera donc lundi la première séance. Je vous remercie. Il se leva de son siège sans laisser le temps aux parents de réaliser la décision actée. L'honneur du collège était sauvé si les parents portaient plainte. Il avait sanctionné la bagarre d'une manière positive.

Joseph Cheval accompagna la famille Guillot jusqu'au portail, discourant du froid qui survolait la France et faisait craindre le retour des gelées. Mais ce qui inquiétait surtout le proviseur depuis plusieurs jours était cette notion de harcèlement entre les deux garçons. Des rumeurs étaient propagées aux interclasses, enflant dans les couloirs. Puis, il avait eu confirmation de celles-ci par le psychologue qui, lui-même, l'avait sue par le professeur de gymnastique, d'où la facilité à programmer une consultation pour le lundi de la semaine prochaine puisqu'elle avait été planifiée à l'avance, excluant un refus d'obtempérer.

Tous les crimes ne se valaient pas. « La base du harcèlement n'est-elle pas le désir refoulé de posséder ce qu'on n'a pas ? » s'interrogea Joseph Cheval en rentrant chez lui. « Que manque-t-il donc à ces deux adolescents ? La paranoïa est-elle en train de s'incruster dans mon établissement à mon insu ? Enrayons ce raz-de-marée avant qu'il ne soit trop tard. »

Un frisson lui parcourut l'échine.

« Les erreurs n'appartiennent qu'à nous-mêmes », décréta-t-il en introduisant la clé dans la serrure de sa porte d'entrée. « Je n'ai pas le temps de m'apitoyer sur ces deux-là. J'ai suffisamment de problèmes à gérer en dehors des animosités pubères. J'aviserai après la visite chez le psychologue. S'il est préférable de le renvoyer, je signerai l'exclusion afin de sauver la réputation du collège Émile Couhé. Coupons la branche pourrie afin de sauver l'arbre ».

Joseph Cheval rejoignit son épouse dans leur salon. Il remisa le verdict dans les profondeurs de son inconscience pour la soirée.

Une pause nécessaire avant le lendemain.

L'Oubli freudien.

13

Le Taoïsme préconise à ses disciples « d'apprendre à voir le bien dans le mal, et le mal dans le bien ».

La placidité inhabituelle de Maryse dans la voiture surprit le fils et le père qui conduisait, un œil sur la route, un œil sur sa voisine de droite. À les étudier de loin, ils ressemblaient tous les trois à des étrangers parlant une langue compréhensible à eux seuls que le hasard de la vie avait réunis. Ce calme pendant le trajet du retour n'était pas annonciateur de bons augures, la posture de la passagère et sa mine renfrognée non plus.

Les deux hommes étaient sur la défensive. Ils guettaient le signe avant coureur de l'esclandre qui tardait à se manifester. Malgré cela, ils ne pouvaient empêcher leur cerveau de s'évader vers un espace plus radieux, un endroit sur cette terre où les roseraies embaumaient, où le ciel était clément, où les hommes savouraient le retour du printemps, des hommes qui chantaient, les notes des guitares et des accordéons accompagnant leurs voix, et qui acclamaient des musiciens sur la scène d'un kiosque à musique. Une échappatoire nécessaire à la santé mentale des hommes Guillot. L'Éden.

Benjamin était donc perdu dans ses pensées, pris dans son « ailleurs ». Il aurait aimé explorer une contrée inviolée par ses pairs à l'image du baroudeur de « Code of War » parti à la découverte de paysages sauvages où la puissance des armes à feu faisait office de loi, mais les dés avaient été jetés la demi-heure précédente et il subissait l'intrusion dans le rêve, perturbant ce désir onirique dans lequel il se complaisait, la quiétude trompeuse tel un otage.

Le mal ou le bien ? Lequel des deux serait le vainqueur du match opérant dans le cerveau maternel ? Sous la chevelure couleur châtain bouillonnaient les châtiments – ils défilaient, fiers soldats bombant le torse devant celle qui les gouvernait – et le fils, percevant leur nature malsaine, se raidissait un peu plus à chaque tour de roues les ramenant vers le bâtiment D. L'amère réalité souffla leurs prémices dès le seuil du domicile familial franchi et déclencha la tempête qui couvait.

Précipitation de la mère vers la cuisine pour se servir un verre. Ouverture musclée d'un placard.

« Viens un peu par ici, toi ! »

Benjamin obéit avec panache à l'ordre qui avait fusé de la cuisine, bandant les muscles pour affronter cet ouragan qui se transformerait en une furie incontrôlable s'il ne la stoppait pas avant l'aggravation.

Franck suivit.

Automatisme du geste. Les glaçons s'entrechoquèrent dans le verre, refroidissant le liquide ambré ; le son cristallin se répercuta dans le crâne du fils en guise d'avertissement, de prélude aux funestes réjouissances. Les doigts portèrent à la bouche l'alcool titré à quarante degrés ; la bouteille de rhum avait été abandonnée sur la table, le bouchon à côté, inutile. Trois gorgées furent dégluties en quelques secondes. Un claquement de langue approuva la satisfaction, ce plaisir sans cesse renouvelé. Elle éclusait fort, la femme de ménage à la peau vieillie avant l'âge, balayant d'un revers de main le raffinement de ce nectar affiné en fûts de chêne pendant dix-huit mois qui manquerait aux crêpes cuisinées chaque samedi soir, une maigre consolation pour finir la semaine en beauté.

« Et oui, je bois ! À cause de ton fils ! Putain de gosse qui ne fout rien à l'école ! Comme si on avait besoin de ça en ce moment ! »

La main enlaça la bouteille, l'inclina, versa une rasade aux senteurs d'outre-mer dans le verre déjà vide.

« Est-ce qu'il va seulement réviser chez son copain ? Si ça se trouve, il traîne dans les rues ! Peut-être même qu'il deale et qu'il garde le fric pour lui ! Où est-ce qu'il se procure l'argent pour acheter ses jeux que je vois sur son ordinateur pendant que je trime comme une bête du matin au soir ? C'est comme cette montre sortie de nulle part ! Comment tu l'as eu, vaurien ? Raconte un peu pour voir ! »

Qui ne disait mot, consentait. C'était bien connu.

En verve, Maryse but les trois quarts de la dose de rhum qu'elle venait de se verser, valorisant le breuvage sous l'appellation « médication reconstituante », un prétexte puéril destiné à remonter un moral continuellement en berne.

— Ça vient de ta mère, Franck, c'est ça ! Oui, c'est ça, j'en suis sûre à voir la tête que tu fais ! Elle vous donne du fric et vous me le cachez ! Vous gardez ensemble le magot et vous le dépensez sans que je le sache ! ».

Maryse avala cul sec le peu qui restait dans le verre et s'approcha de son mari.

— Regarde-moi dans les yeux, Franck, et ose me dire que ce n'est pas la vérité !

— Qu'est-ce que tu imagines ? Je ne la vois pas et tu le sais. Elle vit loin de chez nous et nous n'y allons jamais. Je reste là le week-end et ton fils aussi.

— Tu mens ! Tu me voles ! Vous me volez tous les deux ! Complices dans mon dos ! Cet argent est autant à moi qu'à toi ! Il m'appartient aussi ! Caisse commune pour le meilleur et pour le pire ! Tu as oublié !

— Non, je ne te mens pas.

Les deux hommes ne décelèrent pas l'intention. Avec promptitude, l'épouse frappa l'époux au visage, utilisant à ses fins le petit récipient qu'elle tenait encore dans sa main droite. Elle l'employa en tant qu'arme de substitution, laquelle arme marqua de son empreinte la tempe de la victime, une blessure qu'il faudrait justifier aux collègues du service municipal le lendemain. Les bleus sur le torse, les mollets, le dos étaient explicables, mais une plaie à cet endroit : qui croirait la maladresse d'un ouvrier qualifié employé à effectuer des tâches manuelles du matin au soir depuis sa prise de poste ?

Franck vacilla. Une multitude de petites lumières jaillit devant ses pupilles, illuminant la cuisine d'étincelles. Sonné, il tituba, reculant de manière instinctive vers son fils. Du sang perla par petites giclées ; on aurait cru percevoir un infime geyser projetant quelques millimètres cubes en dehors de la circulation sanguine à chaque pulsation. Avec lenteur, la vie s'éloignait de ce robuste corps. Benjamin avança d'un pas.

— Je t'interdis de toucher P'pa. Tu as compris ! Tu imprimes !

— De quoi ! Tu menaces ta mère – elle trouvait là un motif supplémentaire à ses rancœurs –, celle qui t'a porté pendant neuf mois et qui a souffert pour te mettre au monde ! cria-t-elle, s'avançant pleine de hargne vers le protecteur avec l'envie de l'assommer.

Benjamin sentit son odeur, ce relent alcoolisé qu'il ne supportait plus. Il regretta l'ignorance des arts martiaux – regret d'avoir choisi l'inscription au basket –, un sport qui lui aurait permis de stopper l'échauffourée. Il rêva d'une prise de judoka, d'un lancé de pied équivalent à celui d'un karatéka. Il trembla d'une fureur contenue, ne voulant point céder à la provocation. En prévision des tapes et des gifles, il fit de son corps un écran pour son père.

Maîtrise de soi.

Flots d'injures et des coups assénés.

Maryse frappa. Benjamin para comme il put. Elle s'acharna sur ce fils, portrait craché du père qu'elle avait appris à haïr.

Grossière.

Brutale.

Vulgaire.

Maryse poussait des grognements semblables à ceux d'un grizzly réveillé avant la fin de son hibernation. Les rugissements se répercutèrent sur les murs graisseux dans cette pièce à l'ambiance mortifère.

Dans l'appartement contigu, le Yorkshire de Madame Villa, une octogénaire à moitié sourde du fait qu'elle enlevait ses aides auditives dès qu'elle rentrait chez elle – allait savoir pourquoi – aboya de consœur, ajoutant son timbre aigu à ceux du plantigrade.

À force d'être sollicité, le verre peu robuste, conséquence d'une fabrication médiocre, finit par se briser sur l'avant-bras gauche de Benjamin en même temps qu'un des deux os, le radius ou le cubitus, cassé comme un morceau de bois mort. Quelques débris percèrent le vêtement et pénétrèrent dans l'épiderme.

Des gémissements indifférenciés s'entendirent.

Des hoquets sonnèrent comme des sanglots.

La mort rôdait, pressentant son heure, touchant le soyeux des chevelures hirsutes – il n'y avait plus rien de comparable avec celles impeccablement peignées devant Monsieur Cheval. La Grande Faucheuse reniflait ses proies avant de se décider.

Le mur d'hostilité était si haut qu'il avait transpercé le plafond et fonçait vers les étages supérieurs, annonçant la maltraitance aux voisins du dessus, semblable aux trompettes de Jéricho sonnant au pied des murailles de la ville.

Effondrement d'une famille à la cellule fragilisée.

Douleur fulgurante dans le membre. Le temps que la souffrance parvînt au cerveau, la forme juvénile dégingandée plia les genoux avec une lenteur infinie. Un film au ralenti était en train de se dérouler dans une cuisine au bloc D ; un scénario tragique privé de réalisateur.

Le père, visage ensanglanté ayant repris ses esprits, tendit les bras et accueillit l'enfant blême en train de s'évanouir. Solidarité masculine. Récompense de l'effort paternel, des gouttes vermillon maculèrent le sweat-shirt gris de l'enfant au niveau des épaules.

« Il l'a bien cherché, ce morveux ! » persifla Maryse sur un ton de vipère.

Constatation des dégâts.

Le mal était proclamé vainqueur. Il avait, d'une façon admirable, joué le rôle imposé par la haine, dévoué à la cause attribuée.

Les actes s'enclenchèrent avec la précision d'un horloger.

Rapidité.

Efficacité.

Décrochage du combiné par des doigts malhabiles – ceux d'un Franck affaibli, le sursaut de vitalité n'ayant guère duré.

Pompiers. Une main comprimant le flux de sang. Sirène hurlante déchirant la nuit. Lumière bleue éclairant par intermittence les arbres dénudés, les voitures garées, les habitations aux volets clos, et les noctambules hagards. Une apparition à intervalles réguliers. Un enchaînement des secours. Le quotidien de personnes au service d'autres personnes au milieu des ténèbres.

14

Quelque part sur le territoire africain, à chaque naissance, l'homme le plus vieux de la tribu entrait dans la case, s'asseyait à côté de la jeune accouchée, et répétait les mots prononcés par les ancêtres : « Il n'y a pas d'enfant indésirable. Là où deux êtres s'aiment, il ne fait jamais nuit ».

Bertrand Naud avait lu le proverbe inséré dans un des textes de la revue Géo ce matin en avalant un petit-déjeuner copieux à base de fruits, de céréales, de yaourt, et de café noir corsé, sources de vitamines, de minéraux et d'oligo-éléments censés garantir vitalité, tonus et énergie : tous les bienfaits de la diététique réunis dans un bol en faïence de couleur jaune paille. Il avait tourné et retourné les mots dans sa tête jusqu'au moment où il avait entamé cette garde à l'hôpital qui durerait douze heures, hôpital nommé « Villiers » du nom de son mécène ayant financé sa construction l'année 1930. Douze heures à être l'un des décisionnaires au service des urgences en tant qu'interne. Douze heures à penser juste, à bannir les tergiversations. Douze heures pendant lesquelles il grappillerait des minutes de repos dans une salle à l'écart des plaintes, des cris, des familles en pleurs, du téléphone qui n'arrêterait pas de sonner inexorablement, du va-et-vient des pompiers amenant leur lot de malades. Douze heures harassantes à surveiller les moniteurs cardiaques, le débit des pompes à perfusion et des seringues électriques conformes à la prescription, à entendre les chariots qui grinceraient dans le couloir et les bips d'alerte dans les boxes, à lire les rapports du service de radiologie et ceux du laboratoire réclamés sur un ton impérieux. Douze heures épuisantes à être le soignant des accidents domestiques, des violences conjugales, des rixes urbaines, et des blessés de la route. Douze heures de self-control pendant lesquelles le sourire était de rigueur sauf qu'en examinant le couple que l'infirmière avait installé dans le box numéro 4 après leur avoir ôté leurs vestes et retroussé leurs manches, il n'avait pas du tout envie d'afficher une expression joyeuse. À vingt-quatre ans, il avait vu défilé pléthore de gens amochés, mais les deux personnes présentes, l'une allongée sur le brancard une perfusion à son bras droit acceptant son malheur avec un fatalisme déroutant et l'autre assise dans le fauteuil légèrement incliné tripotant sa blessure avec l'air de ne pas comprendre la gravité de son état, avaient un « je-ne-sais-quoi dans leurs iris » qui le glaça. Un voile perceptible. Le moment de surprise passé, il y reconnut l'effroi. Hébétude d'un cauchemar vécu en temps réel par des innocents. « Ces deux-là sont en proie à une panique intérieure d'une rare intensité » déduisit-il en ouvrant le sachet stérilisé contenant les compresses, les pinces à usage unique, la paire de ciseaux et le rasoir jetable.

« Monsieur Guillot, pendant que votre fils est parti à la radio, je vais vous anesthésier localement avant de vous recoudre. Comprenez-vous ce que je vous dis ? »

La conscience de Franck sombrait peu à peu dans une léthargie bienfaisante, le verre de Maryse ayant sectionné une artériole sous l'impact.

L'interne tiqua à la vue de l'avant-bras. Des marques sur le poignet viraient au jaune. Il chercha d'autres stigmates. Des bleus en voie de cicatrisation étaient visibles sur l'abdomen au-dessus de la ceinture, l'homme étant débraillé. Leur venue aux urgences était-elle la première ? Il vérifierait grâce à leur état civil sur l'ordinateur des entrées entre deux patients. Puis il enfonça le cathéter dans la veine, et raccorda la tubulure munie de son glucosé pendant que l'infirmière comprimait l'entaille qu'il dégagea ensuite en rasant le pourtour.

Franck, épuisé, ferma les yeux. L'univers de cette pièce l'incommodait : l'odeur du désinfectant qui lui piquait les narines, la lumière aveuglante pointée vers le sommet de son crâne, les sons perçus en demi-teinte qui lui rappelaient ceux du corps médical estimant la mort de sa belle-mère à un ou deux jours près, une image inoubliable. L'hôpital était à coup sûr l'assurance de mourir seul, la nuit de préférence ; on le quittait les pieds devant. Et lui, il sentait que ses forces l'abandonnaient à son triste sort. L'assourdissement avait raison de sa volonté. Était-ce l'heure de tirer sa révérence vers un monde inconnu ?

« Patricia, passez-moi le Flexocrin 0,7 avec une aiguille courbe ».

L'infirmière diplômée de l'année, Patricia Châtellier, ouvrit un des tiroirs destiné à la petite chirurgie sous le plan de travail carrelé. Elle mit plusieurs minutes à trouver le produit, dérangeant de ses doigts potelés le classement établi par ses collègues qui ne manquerait pas de signaler à la prochaine relève le désordre irrespectueux qu'elle avait causé.

Présageant la fin des soins entendus à travers le brouillard dans lequel il se mouvait, Franck consentit à ouvrir les paupières, revigoré par la médication injectée dans sa veine. Un timide sourire traversa le visage tuméfié du patient ; une mimique en guise d'excuse pour la gêne occasionnée auprès de la jeune femme rondelette aux yeux noisette et à la chevelure si brune.

— Rapprochez les bords, Patricia. Nous avons presque fini, Monsieur Guillot. Racontez-nous votre mésaventure maintenant que vous êtes revenu parmi nous.

Il y avait incohérence entre les éclats de verre – l'index de Patricia avait été coupé par l'un d'eux en enlevant le sweat du jeune homme – et la plaie à la tempe. « Deux ou trois heures de plus à tarder et il aurait eu droit à son culot » jugea le médecin.

Franck entreprit d'analyser avec prudence les questions que le médecin lui posait au fur et à mesure qu'il recousait, des questions assimilables à un interrogatoire tout en douceur digne d'un inspecteur de police. Il éluda la plupart d'entre elles de peur de se trahir et d'avouer l'inavouable. Il contourna les réponses par un habile mutisme simulant une douleur inexistante – l'anesthésiant agissant encore. Son corps exprimait une mutinerie intérieure. Le vernis sur la carapace qu'il s'était forgé craquerait bientôt à force d'avoir menti à son entourage depuis trop longtemps. Il le savait ; cela ne pouvait durer. C'était la faiblesse d'un homme dont la résistance avait atteint le bout du tunnel. L'épuisement psychique entrapercevait la lumière blanche secourant les âmes en détresse. Il glissait vers ce phare ; il parcourait cette galerie sans aspérité.

« Voilà. C'est terminé Monsieur Guillot. Vous allez maintenant avoir une radio de la boîte crânienne, obligatoire dans le cas d'un traumatisme comme le vôtre. Le brancardier va vous emmener en fauteuil roulant. Pendant ce temps, je vais m'occuper de votre fils qui est revenu. Tu peux y aller, Francis. Voici le bon ».

Bertrand Naud bloqua les clichés radiographiques sur le négatoscope. La lecture confirma le diagnostic de Pierre Tarin, le radiologue en chef : une fracture de la diaphyse de l'ulna. Celle-ci n'étant pas déplacée, un plâtre suffirait pendant six semaines. En revanche, elle affirmait la caractéristique d'un choc direct sur un avant-bras levé pour repousser un agresseur, et à recenser les empreintes violacées, il y avait eu répétition. Ça avait dû cogner fort.

Mesure du jersey tubulaire en coton, bandes de plâtre en résine, bassine d'eau.

Synchronisation parfaite : le retour de Franck coïncida avec l'immobilisation du bras de Benjamin.

« Hospitalisation jusqu'au lendemain matin pour les prises de sang, et surveillance du trauma » annonça l'interne à Patricia. Il griffonna une note sur le dossier : suspicion de violence familiale. En ayant écrit ces trois mots, il avait tiré la sonnette d'alarme. Il y aurait au minimum la visite d'une assistante sociale au domicile Guillot, au maximum une enquête policière dont le mobile serait tentative d'homicide involontaire étant donné la violence du coup portée à la tempe – il ne connaissait pas le terme exact. « Il y a une chambre à deux lits en médecine C. Vous serez donc ensemble cette nuit. Le médecin signera votre sortie après le prélèvement » dit-il, les quittant prestement, déjà réclamé par l'accueil. Grâce au signalement et l'hospitalisation, il y aurait vérification d'un précédent par un tiers ; il se dégageait de ce fardeau ; ce dossier ne le concernait plus. Il avait respecté le serment d'Hippocrate.

Le père et le fils, désorientés par l'heure vécue, dociles comme deux chiens battus par leur maître, accompagnèrent le brancardier Francis, l'un à pied et l'autre toujours dans le fauteuil roulant avec sa perfusion accrochée à la potence.

15

En Afrique, les autochtones avaient coutume de dire : « Si tu ne sais pas où tu vas, retourne d'où tu viens ». Le proverbe était tout à fait adapté aux résidents temporaires de la chambre 24.

L'infirmière de nuit, quinze ans de carrière, des cernes bleuissant le contour de ses prunelles bleues, exténuée d'avoir prodigué des soins sans s'octroyer une once de repos, pénétra dans ladite chambre avec un « Bonjour Messieurs » usé jusqu'à la trame à force d'avoir été prononcé. Formule de politesse usitée dans tous les lieux où le malade était roi avec allumage du plafonnier en prime.

Franck et Benjamin, ensommeillés, clignèrent des paupières avant de s'habituer à cette clarté artificielle les ayant malmenés d'une façon aussi brutale. Avait-on idée de réveiller le monde dès potron-minet ?

« Prise de sang pour tous les deux. Allez, je commence par vous, Monsieur Guillot ; vous êtes le plus près de moi. Bras droit ? Bras gauche ? Vous avez une préférence ? »

Le ton se voulait cordial, mais il sonnait aussi faux qu'un piano désaccordé. À 5 heures 30, la voix était revêche ; la fatigue de la nuit et le besoin de dormir supplantaient l'amabilité.

Franck tendit son bras. « Tant qu'à être charcuté » pensa-t-il « autant que ce soit le même côté qui morfle ». Il détourna le regard. Les tubes transparents se colorèrent de pourpre. Il eut la nausée rien qu'à imaginer la possibilité de leur vision. Les minutes consacrées au prélèvement sanguin lui parurent être une éternité. De quoi tourner de l'œil s'il n'avait pas été allongé, la tête sur l'oreiller, tourné vers son fils, souriant en dépit du supplice en train de s'accomplir afin de communiquer sa bienveillance paternelle.

« Appuyez fort sur le sparadrap sinon ça va saigner et vous aurez un bleu ». L'infirmière poussa le chariot vers l'autre lit.

« Des bleus, il n'y a pas que ça qui manque sur ma peau. Un de plus ou un de moins » songea Franck. Obéissant, il posa le pouce gauche sur le minuscule pansement.

« À votre tour maintenant. Pour vous, il n'y a guère le choix » dit-elle en s'adressant à Benjamin avec une lassitude ironique.

Franck nota que la couleur d'un des bouchons des petits tubes différait des siens. Il les compta sur le portoir en plastique blanc. Le nombre était effectivement différent, un de plus pour Benjamin. Il croyait, personne naïve, que toutes les analyses sanguines étaient identiques au sein d'un hôpital ; le même bilan pour tous, question de facilité médicale et d'utilisation du matériel.

Du côté de Benjamin, on était aux anges. Il appréciait qu'enfin quelqu'un s'intéressât à lui, même si cette étrangère à la taille de guêpe enfonçait son dard dans la veine de son bras droit. Il était fier d'exhiber son tatouage que cette dernière ignorait avec un dédain prononcé. Comment pouvait-elle comprendre que l'arc avait porté chance au jeune homme blessé ayant survécu à l'attaque ?

« Ne bougez pas le temps que je pose les tubes ».

L'infirmière remplaça le coton déjà imbibé de sang tenu au pli du coude avec un bout de Micropore par un autre qu'elle fixa avec un sparadrap élastique qu'elle nomma par son nom savant « Elastoplast ». Elle le tendit à l'extrême.

« Messieurs, je vous abandonne. Je ne vous dis pas au revoir, n'est-ce pas ? » Humour au chant du coq. Pourtant, il n'y avait pas matière à rigoler dans la chambre 24. « Vous nous quittez ce matin, alors bonne continuation. Portez-vous bien ». Et elle sortit sans éteindre. Normal puisqu'ils étaient maintenant réveillés.

— Pas commode l'infirmière de nuit aux aurores. Elle était de meilleure humeur hier soir lorsqu'elle distribuait ses cachetons après m'avoir enlevé la perfusion. Remarque, c'était ça en moins à surveiller.

— Le boulot, P'pa, le boulot. C'est dur.

— Oui, tu as raison fils. Je ne me rends pas compte de l'épreuve consistant à travailler quand les autres roupillent à poings fermés. Tu as pu dormir ?

— Un peu. Et toi ?

— Pareil. Pas beaucoup. Ça lance.

— Idem.

— C'est le coup.

— Ben, ouais.

— As-tu reçu un message de ta mère ?

— Ben, non. J'avais pas pris mon portable.

— Moi non plus. Nous sommes partis avec précipitation. Enfin, quand je dis « nous sommes partis », c'est plutôt transporter illico presto que je devrais dire. Je me souviens à peine des pompiers, mais de la sirène, ça oui, je me la rappelle bien. Elle faisait un boucan dans mon crâne pire que le tambour de la fanfare le 14 juillet.

— Tu pissais le sang, P'pa. T'en avais plein la tronche.

— Et toi, tu ne tenais plus sur tes jambes. Pas mieux.

— Vrai ?

— Vrai. Tu ne te rappelles pas ?

— Ben, non. C'est flou. Et la mère ?

— Pour elle, je ne sais plus. Je pense qu'elle n'a pas dû bouger de l'appartement. Dans mon souvenir, je ne la situe pas dans la salle d'attente, mais je peux me tromper. J'étais à moitié dans les vapes quand on est arrivé, et il m'a semblé qu'il y avait pas mal de monde.

— T'as raison. J'ai jeté un coup d'œil en passant. Que des éclopés. La cour des miracles comme on voit dans les films. Sûr qu'elle ne devait pas moufter devant les pompiers. Trop peur qu'ils l'embarquent elle aussi ou qu'elle finisse chez les poulets.

— Ils auraient peut-être mieux fait. Pour son bien.

— Pas faux, P'pa. Et nous, on fait quoi maintenant ?

— Un brin de toilette pour être présentable devant le toubib ?

— On n'a rien amené.

— Attends, je vais voir dans la salle de bains ce qu'il y a.

Franck poussa la porte. Stupéfaction devant l'agencement dédié à la toilette corporelle : deux porte-serviettes vides, un lavabo sur colonne impeccable, une douche à l'italienne et sa cloison transparente, un w.-c. avec son rouleau de papier, pas de serviette, encore moins de gant ni de savon. Il ressortit après avoir uriné. Le bruit de la chasse d'eau couvrit le timbre de sa voix atone.

— Il n'y a rien.

— J'te l'avais dit, P'pa. C'est pas l'hôtel ici. Et on a que nos fringues sales à se remettre sur le dos après. Pas top.

— Tu as raison, fils. On se lavera dès que nous serons rentrés. Tu n'iras pas au collège aujourd'hui. Je t'écrirai un mot d'excuse après avoir eu le proviseur au téléphone. Il comprendra, il n'est pas idiot.

— Tu vas avoir un arrêt de travail ?

— Je verrai tout à l'heure avec le médecin. Pas plus d'un ou deux jours, à cause de la paye. On ne peut pas se le permettre. Il ne faut pas que je sois absent longtemps, tu le sais bien, confia-t-il. Un soupir s'échappa malgré lui.

— On fait quoi avant le petit-déjeuner ? Télé ?

— Tu as la télécommande ?

— Ben, non. Et toi ?

— Non plus. Attends, je cherche.

Franck ouvrit le tiroir du chevet, puis explora le petit meuble. Rien. Rester à regarder dans le placard. Elle était là, posée sur une étagère. Il appuya sur le bouton de veille. L'écran du téléviseur afficha : « Signal inexistant ».

— Laisse tomber, P'pa, faut cracher au bassinet.

— Tu crois ? Ce n'est pas gratuit à l'hôpital ?

— J'sais pas. Faut croire.

— Ou alors c'était trop tard pour obtenir l'autorisation.

— À 21 heures ?

— Le secrétariat devait être fermé.

— Alors, on fait quoi ?

— On patiente, fils. Écoute, ça bouge dans le couloir.

— C'est l'infirmière de nuit.

— Ou l'autre équipe qui arrive avec le thermomètre.

— Pas question d'avoir ça dans le cul !

— Que tu es nigaud, fils, c'est automatique aujourd'hui. C'est comme pour la tension et tout le reste.

— Ouais, ben, je demande à voir sinon je lui fais bouffer son « thermo-cul » à la con.

— C'est tout vu, fils.

— Et pour la mère, on fait quoi ?

— Attendons d'être à la maison. Inutile de spéculer à l'avance. On avisera là-bas suivant l'humeur.

— Vénère, tu peux me croire, P'pa. Tu la connais aussi bien que moi.

— Elle sera partie bosser. Hier soir, aux urgences, le jeune a dit que nous partirions après la visite du médecin, celui du service, pas celui des urgences. L'infirmière l'a confirmé aussi quand elle a emmené les tubes.

— Ouais, mais elle n'a pas dit l'heure. Si on doit avoir les résultats du labo, on n'est pas couché.

— Mais non, tu es pessimiste, il y a tout sur place. Ne te bile pas, ça ira vite.

— Tu crois ?

— Assurément. Nous serons partis dans la matinée.

L'inquiétude qui tourmentait Benjamin n'était pas le départ, mais plutôt l'arrivée. Comment réagirait sa mère lorsqu'elle le verrait ? Acrimonie persistante ? Son air dégagerait-il un parfum de culpabilité ou, à l'inverse, empesterait-il l'indifférence ? Et eux, la rudoieraient-ils à la valeur des sévices subits ? « La loi du Talion est justifiable selon les circonstances » considéra Benjamin en dévisageant son père, et les circonstances étaient réunies. « Œil pour œil, dent pour dent ». Il répéta le mantra jusqu'au plateau apporté par l'aide-soignante comprenant les tartines de pain frais, la minuscule plaquette de beurre qui concurrençait le pot de confiture par la taille, et le bol de café brûlant.

16

Oscar Wilde venait d'être incarcéré. Étendu sur la paillasse, il contemplait le ciel de Reading à travers la lucarne. « Les enfants aiment leurs parents, parfois ils les jugent, après ils leur pardonnent » écrirait-il à sa libération. Benjamin avait lu la citation dans la salle Molière. « Aimer ses parents » à l'unique condition de les évaluer séparément, trancha-t-il en sortant du bus. « Les juger ; d'accord à 100 % » affirma-t-il en suivant son père. « Leur pardonner ; pour la vieille, jamais ! Plutôt crever la bouche ouverte ! » raisonna-t-il dans l'ascenseur. Il pestait intérieurement. Des verdicts qu'il bougonnait à l'approche des retrouvailles. Une appréhension tenace ravivait les turpitudes ; la clé dans la serrure, il souhaita qu'elle s'estompât au lieu de s'amplifier. Les douze coups de midi sonnèrent le glas des hommes Guillot au clocher de l'église du quartier.

Franck et Benjamin entrèrent dans l'appartement l'un derrière l'autre à pas feutrés. Un parfum de drame avait imprégné les murs. Ils écoutèrent le silence hostile, avancèrent vers la cuisine tels deux condamnés vers l'échafaud. Seraient-ils guillotinés par la mégère dès qu'elle aurait senti leur présence ?

Il flottait encore dans la pièce un relent de mort lente. Maryse avait les coudes sur la table, une assiette de pâtes au beurre devant elle qu'elle était en train d'avaler et, fait rarissime chez elle, la carafe d'eau à côté. La casserole fumante était restée sur la gazinière. Ses pupilles se dilatèrent pareilles à celle d'un chat dans l'obscurité, ou bien c'était l'effet des drogues qu'elle avait dû consommer, cette automédication qu'elle prévalait en l'absence d'ordonnance. Elle semblait voir la scène dans une autre dimension, niant l'absurdité du plâtre et le rasage du crâne, annihilant la réalité exposée avec une sournoiserie évidente.

Franck et Benjamin capitulèrent face à l'insensibilité, cette froideur qui la caractérisait si bien après l'œuvre explosive de la veille. Franck attrapa la casserole et versa les coquillettes dans deux assiettes à soupe, les seules qui fussent propres, la vaisselle sale débordant de l'évier. Les deux se murèrent dans le silence de la pièce. Ils mastiquèrent, pratiquant l'esquive verbale, chacun ayant une raison valable de fermer son clapet, surtout celle d'éteindre le volcan avant que ne se produisît la prochaine éruption.

Maryse ne leur adressa pas la parole durant le repas, mais son regard torve parlait à sa place. Le mari et le fils devinèrent qu'elle reculait l'échéance de la confrontation bien qu'ils doutassent de son remords. Du remords, elle n'en avait jamais éprouvé ; alors, pourquoi aujourd'hui cela changerait-il ? Elle n'était pas encline à communiquer un indice.

Désarroi des victimes.

Attente.

Traits acérés de la fautive.

Maryse, dans l'hypothèse improbable où elle aurait souhaité inverser la marche du temps, n'aurait pu contraindre l'horloge à revenir douze heures en arrière. Les aiguilles avançaient ; le sable coulait dans le sablier une seconde après l'autre, et l'avenir sordide progressait.

Les deux personnes de sexe masculin résolues dans leurs intentions débonnaires, la pitance avalée sans fromage ni dessert, se levèrent.

Franck se dirigea vers la salle de bains. La migraine, tenace, reprenait vie, le comprimé donné par l'infirmière du jour au petit-déjeuner n'agissant plus. Il attrapa la boîte de Doliprane dans l'armoire à pharmacie, n'ayant pas eu le loisir de pousser la porte de l'officine avec l'ordonnance de l'hôpital, pressé qu'il avait été de rentrer au bercail. Il déchira le blister et sortit le cachet d'un gramme de paracétamol. Il l'avala, buvant l'eau froide à même le goulot du robinet, puis il alla décrocher le téléphone fixe dans l'entrée afin de prévenir le collège pour l'absence de son fils.

Quant à Benjamin, il se claquemura dans son repaire.

Maryse haussa les épaules, but une gorgée d'eau minérale, et éplucha une banane. Elle empila leurs trois assiettes, leurs trois verres et leurs couverts, par habitude, et poussa le tout vers le bord de la table. Puis elle sortit de la cuisine, passa devant son mari en train d'expliquer pourquoi leur rejeton ne serait pas présent jusqu'à lundi, enfila le manteau suspendu au perroquet qu'elle n'avait pas rangé – celui ayant quitté sa housse pour l'entrevue avec le proviseur –, et claqua la porte d'entrée.

Soulagé par cette sortie inopinée, Franck décida de laver la vaisselle, une occupation ne nécessitant pas à réfléchir. « Le cerveau en jachère » pensa-t-il, les mains dans l'eau savonneuse, « favorisera l'efficacité médicamenteuse ».

Le plâtre, bien qu'il fût peu lourd comparé à ceux du début du siècle, gênait Benjamin dans ses mouvements. Le maniement de la souris et la frappe sur le clavier étaient difficiles à cause de la posture sur la chaise. Instinctivement, il penchait sur la droite comme s'il voulait compenser le poids du côté gauche ; l'instinct : cette tendance innée protectrice qui avait sauvé le bras valide droit d'un sort à l'identique du gauche.

Lecture du courriel.

Langage laconique des réponses.

Benjamin se connecta au blog du jeu, cet espace où l'internaute, sous l'anonymat d'un pseudo, ne se refusait rien, de la critique à la louange en passant par la neutralité, naviguant dans les brumes d'une soi-disant liberté d'expression prônée par celui qui croyait avoir quelque chose à dire de très important pour la planète, d'audacieux, voire de spirituel, et qui s'avérait n'être qu'un ramassis de banalités mixées à des diatribes. Et l'adolescent trouva là un hâve de paix, écrivant à ces inconnus de la toile avec une rancœur pugnace. « Il est le jouet sur lequel elle passe ses nerfs ; un quotidien d'humiliations. Elle a un cœur mauvais comme la guigne alors que dans le mien ça caille grave. Il est gelé après avoir subi ces crises hystériques. La chance que ça doit être de vivre avec des parents qui s'intéressent à vous et qui veillent sur vous au lieu de raconter qu'on est un boulet qu'on traîne derrière soi, un poids mort pesant sur les épaules, une croix à porter ». « Oh, Snipper, j'ai vu que t'étais là. Qu'est-ce que tu fous à déblatérer sur le forum ? Arrête de déconner et rejoins-nous. L'équipe merde un max. Viens nous aider puisque tu es là. Y a du fric à ramasser si on est repéré pour le concours de cet été ». « OK, mec, j'arrive ».

Rien de tel que l'argent pour vous corrompre l'individu ; stimuler l'appât d'un gain attractif.

« Rien qu'à imaginer cette pourriture sur l'écran, ça me donne des ailes » confia Benjamin à son ordinateur. « Tiens, prends ça, salope, tu ne l'as pas volé ! Tiens, je venge le père des coups de ceinture donnés, crevure ! Je suis le Cerbère qui te chope dans sa gueule et te lâche dans les flammes de l'enfer ! Crame dans le feu, sorcière ! Que tu rôtisses en te tordant de douleurs ! »

Le Sniper Strike Benjamin désintégrait l'ennemi sous les applaudissements de ses compères, la motivation décuplée au centuple. Il était en train d'occire Maryse à chaque balle tirée et il y prenait un plaisir fou. « aucun pardon, aucune excuse, pour ma connasse de mère ! ».

17

Les taoïstes attribuaient à Lao Tseu les paroles suivantes : « La modération doit être le premier soin de l'homme. Quand elle est devenue son premier soin, on peut dire qu'il accumule abondamment la vertu, il n'y a rien dont il ne triomphe pas. Quand il n'y a rien dont il ne triomphe, personne ne connaît ses limites ». Elles ébranlèrent la foi de Benjamin lorsqu'il dépassa l'angle de la rue correspondant à celle du collège. Il avait un mot sur le bout de la langue qui aurait exprimé ce qu'il ressentait à la perfection. « Merde ! Lamoureux a parlé de ce problème au dernier cours, ou celui d'avant, en citant les grenouilles de bénitier » râla-t-il contre lui-même. « Putain ! Après ce qu'il s'est passé à la taule, j'ai le cerveau en bouillie ! Qu'est-ce que c'était déjà ? ». Perdu dans ses réflexions, il avançait tête baissée comme si ledit mot avait été gravé dans le bitume n'attendant que lui pour être découvert. Et ce fut dans cette posture évoquant le pénitent gravissant le « Lieu du Crâne » soucieux de se repentir de ses fautes à des milliers de kilomètres de là qu'il franchit le portail.

Nulle empathie à l'encontre du blessé par les collégiens croisés sur son chemin. Nulle insanité non plus. Que du « rien à cirer d'un mec avec un bras dans le plâtre » lisible sur les visages. Il était invisible aux yeux de tous sauf à ceux de Paul Mansoui qui lui barra la route avant de monter l'escalier conduisant aux étages supérieurs du bâtiment principal. « Putain ! Ce salopard m'a guetté ! » supposa Benjamin.

Le CPE calqua le rythme de ses pas sur celui de l'adolescent interpellé en attaquant la montée des marches. « Guillot, de retour parmi nous, c'est parfait. Vous êtes convoqué chez le psychologue à 13 heures 30 et il faudra aussi que vous passiez à l'infirmerie entre deux cours. Le mieux serait d'y aller de suite, votre professeur de mathématiques aura un bon quart d'heure de retard, une contrariante crevaison demandant à être réparée de suite. Je vais aviser votre classe pendant ce temps » annonça-t-il, déjà sur la quinzième marche.

Quant à Benjamin, il n'eut pas d'autre choix que de descendre. Il traversa la cour et gagna l'infirmerie située dans l'annexe.

Il n'y avait pas un seul élève qui ne rêvât d'être ausculté par Mademoiselle Danielle Delhomme officiant en tant qu'infirmière au sein de l'établissement, une pétillante jeune femme de 26 ans aux cheveux courts auburn, tellement sexy que les puceaux désiraient la coucher dans leurs lits tandis que les pucelles, à la jalousie féroce, auraient volontiers arraché les yeux des orbites de leur rivale et défiguré le joli minois affiché en permanence.

« Entrez ! »

Fidèle à sa réputation, Danielle Delhomme portait une tenue légère pour la saison. Sous la blouse blanche, Benjamin aperçut par transparence une robe noire volantée au-dessus du genou favorisant ainsi la vue du galbe de ses jambes chaussées d'escarpins de la même couleur. Malgré cette apparition si électrisante, le cadre rappela à l'adolescent celui de l'hôpital, de quoi stopper net toute pensée lubrique.

L'infirmerie : l'odeur caractéristique des désinfectants, un décor uniformément blanc du sol au plafond, aussi bien les murs que le mobilier, à l'exception des affiches aux divers sujets : la prévention contre le tabagisme et l'alcool, la mise en garde envers le sida et la préconisation de l'usage du préservatif. La blancheur immaculée d'un lieu saint.

— Es-tu Benjamin Guillot ? J'ai été prévenue par le proviseur vendredi après-midi de ton passage.

— Oui.

— Je surveillerai ton plâtre pendant quelques jours. As-tu apporté l'ordonnance de l'hôpital ?

— Euh, non, je n'y ai pas songé.

— Tu me l'apporteras demain afin que je prenne connaissance de la prescription médicale. Je ferai une photocopie et te la rendrai aussitôt. Je la rangerai dans ton dossier. Si tu as des médicaments à prendre dans la journée, tu dois me les confier. Je les garderai ici. Tu viendras les chercher avant la cantine.

— C'est que j'ai pas grand-chose comme traitement. Que du Doliprane si j'ai mal.

— Oui, cela peut te paraître anodin, mais tu dois quand même me donner la boîte lorsque tu arrives et je te la rends le soir. C'est le règlement.

— Comme vous voulez.

— Fais-moi voir, dit-elle, touchant l'extrémité des doigts. Et là, as-tu mal ?

— Non, j'ai avalé un cachet ce matin.

— Dans ce cas, tu peux repartir en cours. À demain, n'oublie pas l'ordonnance et ton Doliprane.

— À demain, m'dame.

« Quelle galère, faut que j'y retourne demain. J'suis plus un gosse. Je sais compter le nombre de médocs que j'avale. Le pharmacien a dit à P'pa pas plus de trois par jour. J'suis pas con au point de bouffer la totalité en une seule fois. Sûr que si elle avait trouvé la boîte que j'ai glissée dans mon sac, elle me l'aurait chourée. Quelle conne, cette Delhomme ! Je ne sais pas ce que les mecs lui trouvent. À moi, elle ne me fait pas bander. Faut croire qu'ils sont aussi cons qu'elle » conclut Benjamin en remontant l'escalier du bâtiment principal.

Le calme régnant dans le couloir était significatif de l'arrivée du professeur. Le cours avait donc commencé.

Benjamin s'installa à la seule place de libre, au troisième rang, garda son blouson en polaire bleu marine qu'il avait enfilé chez lui, plus pratique que sa doudoune avec son bras en écharpe – il ne le protégeait pas vraiment de la brise glaciale, mais c'était pour la bonne cause –, et déballa ses affaires d'une seule main avec fracas. « Chacun pour sa gueule » jugea-t-il devant l'absence d'aide qu'il aurait de toute façon refusée en maugréant ; il avait sa fierté.

« Avez-vous terminé votre barouf, Guillot ? Pouvons-nous continuer ? Vous demanderez à votre voisine le début du cours, nous avions à peine démarré, pas comme ma voiture ».

« Si lui aussi me prend en grippe, les profs se ligueront contre moi au prochain conseil de classe et je pourrais dire adieu à une seconde générale. Quand je pense qu'il y a des gars qui passent et qui n'ont même pas la moyenne et à moi, ils me cherchent des poux sur la tête. Me font tous chier ! » pensa-t-il en se penchant sur sa voisine de gauche, celle que la classe traitée « d'intello » à l'instar de Guillaume sauf que, Guillaume, c'était un gars, alors on n'osait pas.

Émilie Blanchard, une jeune fille âgée de quatorze ans – elle avait sauté une classe au primaire – avait un physique ingrat : des cheveux raides jusqu'à la taille augmentant le volume des hanches comprimées dans un pantalon stretch noir et un pull-over imitation jacquard – le dessin avait été brodé au lieu d'avoir été tricoté –, de l'acné sur le front et un appareil dentaire. Ajouter à cette description un poids de cinquante kilos pour un mètre quarante-cinq, elle ne correspondait pas aux critères sélectifs de la gent masculine en matière de drague. En revanche, l'esthétique décevante était compensée par l'excellence de ses devoirs ; entre 17 et 19 sur 20 dans les matières principales, 15 ou 16 dans la discipline du dessin et de la musique, mais seulement la moyenne en sport.

« J'ai eu une riche idée de m'asseoir à côté de cette meuf. Émilie, elle est sympa ». Benjamin avait oublié que le choix avait été impératif faute d'un autre siège disponible.

L'adolescente détacha la feuille de son bloc-notes perforé et la fit glisser vers son voisin.

— Merci.

— Tu me la rendras après la cantine.

— Ça roule, assura Benjamin tout en se demandant comment il allait réussir à recopier la feuille A 4 écrite recto verso et à se restaurer avant la consultation du psychologue. Une course marathonienne dans un laps de temps très court. Il l'ajouta aux siennes dans son classeur vert. Le clic de fermeture déclencha un déclic ; il sut à ce moment précis comment résoudre le problème. « Si Delhomme a une photocopieuse dans son boui-boui, le psy aussi, C.Q.F.D. ».

Deux heures de mathématiques.

Dix minutes de récréation.

La voisine et le voisin s'isolèrent sous le préau. Émilie expliqua dans le détail la solution du problème trigonométrique du brevet blanc à un Benjamin béat d'admiration. « Excepté Guillaume, cette meuf, c'est de la balle atomique ». Lorsqu'elle eut terminé son speech, il enchaîna, subjugué.

— Chez Lamoureux, on a parlé d'un truc au dernier cours, mais je ne me souviens plus de ce que c'était. Tu le saurais pas, toi ?

— Lequel de cours ? Nous sommes avec lui trois fois dans la semaine.
— Quand il a parlé des religions.
— Ah, oui, je me rappelle. Il a développé le manichéisme qui est une conception du bien et du mal avec des forces égales et antagonistes.
— C'est ça. T'es trop forte, Émilie. Je cherchais le mot depuis que je me suis levé.
— Demande-moi quand tu ne sais pas, cela t'évitera une mauvaise note. Promis ? demanda-t-elle en rougissant. Un sourire fleurit sur ses lèvres.
— J'hésiterai pas. On y va ?

Les deux adolescents marchèrent l'un à côté de l'autre en direction de la salle de Sciences Naturelles, épiés par un Guillaume heureux pour son ami contant fleurette – il s'était éloigné du couple avec discrétion – et par un Nathan à l'inverse haineux. Émilie cachait son trouble derrière sa longue chevelure mangeant la moitié de son visage. Benjamin pensait au mot.

Sans commentaire.

18

Sun Tzu proclamait à ses compagnons d'armes avant la bataille : « Tout l'art de la guerre réside dans la duperie ».

« De là, à duper le mec qui siège là-dedans, il y a une falaise à escalader sans harnais ni filet de sécurité si je me case la gueule, et je ne suis pas doué en tant qu'équilibriste manœuvrant dans les airs. Je préfère de loin le plancher des vaches, les pieds ancrés dans le sol comme quand je tire, à l'aise dans mes pompes, le cul sur ma chaise à roulettes » envisagea Benjamin devant la porte de la salle de réunion qui palliait vraiment à toutes les nécessités du collège, cette dernière devenant un cabinet de consultation psychothérapique tous les lundis, jeudis et vendredis pour des jeunes en détresse morale, mais comme il y avait peu de candidats s'astreignant à s'y rendre, le psychologue n'était pas débordé. Benjamin toqua, attendit la réponse d'un silence espéré, et entra, déçu.

Étouffante atmosphère. Les deux radiateurs en fonte qui glougloutaient devaient être brûlants, le thermostat enclenché sur la position maximale.

Monsieur Jean Demange voulait renvoyer l'image d'un mec cool à la société juvénile qu'il fréquentait ici. À 43 ans, l'homme arborait une allure décontractée quelques heures par semaine et celles qui demeuraient vacantes, il les consacrait à une clientèle très privée triée sur le volet – du travail dissimulé au fisc – où le sérieux était de rigueur. À ces moments-là, vêtu d'un complet-veston, il plaquait sur son visage un masque amène qui appelait la confidence masculine – d'homme à homme, ils se comprenaient sans tomber dans le mélodrame –, et les larmoiements des dames dépressives revigorées à grand renfort de Prozac. Pour l'entretien avec le patient Guillot, il avait adopté cette négligence vestimentaire qui sied tant à la jeunesse. Il était « dans le coup ».

Une serviette en cuir marron glacé était posée sur la table. Plusieurs chemises cartonnées de teintes diverses s'échappaient d'elle ; un code personnel pour chaque cas traité bien que le motif de la consultation fût souvent le même. On était loin du divan freudien et des photographies illustrant les tests d'Hermann Rorschach ; à croire que les taches d'encre avaient chu sur le carrelage mal lavé et formaient là d'incompréhensibles images pour quelqu'un sain d'esprit.

Demange déplaça le blazer bleu nuit du dossier de la chaise à côté de lui sur une autre.

Benjamin, étonné par l'acte bizarroïde injustifié, détailla l'individu venant vers lui, contournant la longue et large table. Petite queue-de-cheval accentuant un début de calvitie, barbe de trois jours, yeux noirs, chemise blanche aux manches trop longues – les poignets avaient été retroussés – avec une poche poitrine gris souris, jean indigo, pull gris foncé jeté sur les épaules, baskets bleu marine en cuir à lacets. « On crève de chaud, c'est bien ma veine, et à l'extérieur, je me gèle. Suis pas étonné qu'il est viré son pull, quant à moi, du con la joie, je vire quoi, à part moi, avec ce foutu plâtre. Putain ! J'ai déjà dû mal à virer mes fringues le soir. À la première occasion, je me tire ».

Demange tendit une main sympathisante vers le garçon sur ses gardes qui s'abstint de la serrer.

Le geste finit par chasser une mouche imaginaire qui signifiait : « c'était de bon gré ». Face au refus, le psychologue retourna à sa place.

— Asseyez-vous jeune homme. Vous êtes ?

— Benjamin Guillot., répondit-il. « Et qui a de la sueur autour des yeux à cause de la chaleur, connard ».

— Cela vous dérange-t-il que je vous appelle par votre prénom ? J'estime que c'est plus convivial.

— C'est bon. Comme ça vous chante, répliqua Benjamin. « Si tu veux être mon pote, ça me va, seulement ne me la fais pas à l'envers sinon tu iras te faire voir » pensa-t-il avec un sourire ironique. « Avec cette distance d'au moins deux mètres entre toi et moi, tu me fais doucement rigoler, le psy ».

— Bien. D'abord, faisons connaissance. Je suis Jean Demange, le psychologue de ce collège. J'ai été sollicité par Monsieur Cheval, votre proviseur, afin d'éclaircir avec vous les incidents qui se sont produits ces jours-ci, énonça-t-il sur un ton paternel.

« Sans blague ! Je sais qui tu es, et Cheval aussi. Inutile de le rabâcher » s'insurgea Benjamin sans montrer le moindre signe d'énervement.

— Le CPE a dû vous raconter, répliqua-t-il en haussant les épaules.

— Les conséquences sont fâcheuses, mais qu'en dis-tu, toi ?

« Il cherche à m'embrouiller, ce connard de psy. Il va me triturer le cerveau jusqu'à me faire dire ce que je ne pense pas. Cela les arrangerait bien, à eux tous, que je sois le coupable idéal. Il va me tirer les vers du nez. T'inquiète, avec la vieille, à la baraque, je suis allé à l'école des « fermes ta gueule t'auras chaud aux dents », alors, c'est pas avec toi que je craquerai. Suis pas con au point de tomber dans ton piège. Il m'emmerde avec sa question débile. Je tomberai pas dans le précipice. Et merde ! ».

— Ce que j'en dis c'est qu'il a cherché les emmerdes, le Nathan, depuis que je suis dans son équipe au club. Avant, j'étais peinard. Il me laissait tranquille. Il emmerdait les autres dès qu'il foutait le nez dehors. Y avait toujours un prétexte.

— Explique.

— Y a rien à expliquer ; vous n'avez qu'à lui demander. Et tout le monde vous dira la même chose que moi : il cherche les emmerdes, alors il les trouve, c'est de bonne guerre.

Benjamin serra les dents, crispant la mâchoire.

Demange changea de sujet.

— Pas trop dur avec le plâtre ?

— Ça va.

— Quelqu'un t'aide ici ?

— Besoin de personne.

— Comment cela s'est produit ?

— J'ai glissé.

« Bien sûr » pensa Demange « il est comme tous les autres, fermé comme une huître perlière croyant dissimuler son butin, et buté comme un âne. Pourquoi est-ce que je m'inflige cette torture ? Comment est-ce que je peux démanteler la muraille qu'il a dressée autour de lui en trente minutes chrono ? Il faudrait plus d'une année de thérapie pour affaiblir sa résistance. Je suis las de toutes les cachotteries de ces mômes. Si ce n'était le salaire de fonctionnaire, je laisserai tout tomber. Le black, c'est du plus pour les vacances, mais ce n'est pas de tout repos. Enfin… ».

Demange était fatigué, plus fatigué qu'il ne s'était jamais senti jusqu'à aujourd'hui. Il n'arrivait plus à supporter les sempiternelles excuses qui n'étaient qu'un écran de fumée. Un ras-le-bol incommensurable résumait à lui seul son état d'esprit actuel périclitant chaque jour un peu plus.

— Tu es sûr ?

— Puisque je vous le dis.

— Je finirai par connaître la vérité. Il me suffira de joindre quelques confrères, alors raconte-moi ce qui s'est réellement passé.

— J'ai glissé.

— Très bien. Tu as donc glissé chez toi, mais lorsque tu as foncé sur Nathan dans la rue, tu étais en pleine possession de tes moyens et, d'après ce qu'on m'a rapporté, les coups pleuvaient.

— Y avait pas que moi.

— Effectivement.

Demange marqua une pause.

— Cette violence doit sortir ; tu l'as en toi et tu n'arrives pas à la maîtriser. Je te comprends. C'est difficile de rester calme quand les mots vous atteignent et ébranlent votre amour-propre ; ce sont des balles qui vous explosent le crâne, alors on réplique, on ne peut pas rester de marbre et encaisser à l'infini devant les potes sans réagir sinon on ne serait pas un homme, un vrai. Que penses-tu de tout cela ?

— Ben ouais, on peut pas toujours se faire pourrir la vie et fermer sa gueule, répondit Benjamin particulièrement irrité.

La conversation tournait autour du pot sans arriver à l'atteindre et, pire que tout, Demange avait la sensation d'engluer son discours au lieu d'établir une relation de confiance. Lui-même se perdait dans les méandres du récit ; vrai, faux, quelle importance, il ferait le job. Ne disait-on pas que la mansuétude précédait la compréhension.

— Avant de nous quitter et d'avoir la séance de vendredi, je vais te faire passer un test.

Benjamin écarquilla les yeux devant l'objet présenté qui devait être par terre puisqu'il ne l'avait pas encore vu. « Putain ! C'est quoi cette merde ! ».

— Connais-tu le principe, Benjamin ?

— Ben, non.

— C'est très simple. Le but est de déplacer l'anneau en cuivre en tenant la baguette d'une main, l'autre main devant être immobile, mais avec ton plâtre ce sera facile de ne pas la bouger. Tu pars d'un bord, n'importe lequel, et tu l'amènes à l'autre bord. Si jamais tu touches le serpentin métallique, tu déclenches le buzzer relié à des piles. Tranquillise-toi, ce n'est pas dangereux. Vas-y.

Demange nota les résultats sur une feuille. « Premier essai, raté. Deuxième, pas mieux. Patientons encore quelques minutes ».

Huit minutes suffirent. Benjamin balança l'objet au milieu de la pièce. « Vous me faites tous chier avec vos conneries ! » Il partit en claquant la porte.

Il eut été inconvenant de s'appesantir sur le sujet. Demange inscrivit la conclusion suivante au bas du feuillet : test positif, émotions incontrôlables, élève subversif, anticonformiste. À surveiller.

La rage encore au creux de l'estomac, Benjamin aperçut son professeur de gymnastique venant à sa rencontre.

— Benjamin, j'ai appris ce matin ce qui t'était arrivé. Pas trop douloureux ?

— Ça va. Je fais avec, entraîneur.

— Diagnostic ?

— Six semaines.

— Bon, rétablis-toi vite. L'équipe a besoin de toi.

— Personne est indispensable.

— Détrompe-toi, Benjamin. L'équipe est un tout où chacun a un rôle à jouer pour conserver la cohésion.

— Les basketteurs mousquetaires, ironisa Benjamin.

— Si tu veux. Allez, à dans six semaines sur le terrain. Je t'entraînerai à part si tu le souhaites afin que tu récupères vite ta musculature.

— On verra.

— Nous reparlerons de tout cela. File en cours. Ne sois pas en retard à cause de moi.

« Bon, 45 jours suffiront peut-être à calmer les inimitiés avant les derniers matchs » réfléchit Marc Sergent. « La coupe sera envisageable. Benjamin Guillot, je ne te lâcherai pas, tu es un bon élément même si tu l'ignores. Il est de mon devoir de t'encourager dans cette voie et de développer ton potentiel ce qui contredira mes collègues, mais appuiera son passage en seconde. Sylvie me soutiendra dans ce choix, et Cheval ne pourra pas le renvoyer ».

19

Coutume inhabituelle, Benjamin rentrait chez lui à pied après la fin des cours. Il avait éprouvé cette envie irrépressible qu'en aucun cas, il aurait voulu contrarier. La satisfaire avait été un impératif. À l'envi, faire durer cet état de plénitude à la découverte récente. Il avait, pendant qu'il marchait, l'âme vagabonde tournée vers le collège. Il était un doux rêveur au milieu de passants hostiles à son égard le cataloguant de « jeune présomptueux » faute de leur céder le passage. Il avançait avec un pincement au cœur. Il zigzaguait, heureux comme un poisson dans l'eau, nageant dans le bonheur depuis quarante minutes et dix-sept secondes exactement. Même le temps maussade annonciateur de giboulées ne put détacher ses pensées d'Émilie, sa bien-aimée. Et pourtant, le ciel avait mis du gris pour effacer le bleu qu'il avait dans les yeux et le rose qu'il avait dans les jambes. Il flottait. Les paroles de Lamartine n'auraient pas été contredites ce soir ; Benjamin était amoureux. « Un seul être vous manquait, et tout était dépeuplé ».

Séparation douloureuse imposée par la fatalité : lui chez lui, elle chez elle.

Plaisir des retrouvailles : demain, 7 heures 45, quinze minutes volées avant le premier cours, un serment scellé par un dernier baiser. Lui qui n'était jamais pressé d'arriver à Émile Couhé avait hâte d'y être ; une réalité inversée. Émilie, Émile, un doux présage.

Souvenir... souvenir.

Émilie avait su rendre bucolique par sa seule présence la tristesse de l'établissement scolaire. Des graminées, défiant les lois naturelles, avaient poussé çà et là dans le béton et dans le bitume au gré du vent ayant transporté leurs graines. Elles s'étaient transformées en une clairière verdoyante. Le préau s'était apparenté à une dense frondaison où la luminosité ne perdait point de son éclat. Le passage étroit entre deux préfabriqués inutilisés – d'anciennes salles de travail manuel – leur avait été un refuge douillet boudé par les couples.

Souvenir... souvenir.

Benjamin ne se rappelait plus qui avait pris la décision de se rapprocher, mais celui qui l'avait prise n'avait pas été refoulé, au contraire. En ce qui le concernait, il avait répondu à la puissance du désir. Il avait aussitôt satisfait les lèvres tendues et, par ce baiser mouillé, avait surpassé la timidité ambiante engendrée par les deux adolescents inexpérimentés. Ne lisait-on pas dans les manuels de philosophie qu'être attentif à la beauté intérieure permettait d'éviter de voir la laideur extérieure ? Cette récréation avait été la plus merveilleuse des récréations à ce jour, porteuse de cette joie qui fait battre les cœurs des soupirants ; une éternité vite abrégée par la sonnerie, hélas... trois fois hélas.

Souvenir... souvenir.

Les langues s'étaient touchées ; d'abord l'extrémité avant d'effectuer une danse malhabile dont ils avaient appris les pas rapidement. Frissons garantis, les doigts avaient caressé avec une certaine retenue les chevelures avant d'enhardir le geste jusqu'à les décoiffer sans jamais descendre plus bas que le sommet du crâne de peur d'effleurer le lobe d'une oreille ou la peau d'un cou découvert. Elles avaient été balayées, toutes ces barrières morales qui se nommaient l'appareil d'orthodontie, l'acné, l'embonpoint et la silhouette malingre ; elles avaient été reléguées au profit de l'enchantement suscité par le rapprochement des corps.

Souvenir… souvenir.

Les guiboles flageolantes, chacun voyait chez l'autre un être exceptionnel empli d'estime et vénérait, enfoui dans le tiroir secret de son cœur, le respect imposé par la délicatesse. De la douceur, encore et toujours de la douceur, qui aurait pu inquiéter si on avait pu sonder les âmes. L'absence d'émoi chez Benjamin avait rassuré Émilie. Elle n'avait point senti la protubérance pelvienne appréhendée qu'un autre garçon aurait mise sur le devant de la scène afin d'affirmer sa virilité.

Souvenir… souvenir.

Benjamin avait dignement sauté les obstacles. Il avait ouvert les portes de l'amour, celui avec un A majuscule, et franchit le seuil de la félicité. Il ne pourrait jamais oublier, cela avait été plus merveilleux que le plus beau de ses rêves.

Souvenir… souvenir.

Une journée mal commencée qui finissait avec la magnificence d'un feu d'artifice. Ça pétaradait dans les cerveaux des deux tourtereaux ; ça explosait, sous les couettes, mélange de plumes de canard et d'oie, dans les délices des instants remémorés.

Et la félicité tant espérée continua son chemin avec l'endormissement sous les étoiles dissimulées par la laideur d'un ciel saturé de gros nuages noirs. Deux jeunes gens rêvèrent au lendemain à l'image de Pierrot et Colombine sur leur croissant de lune.

20

Un proverbe chinois disait : « L'ignorance peut être appelée la nuit de l'esprit, et cette nuit n'a ni lune, ni étoiles ». Jamais Benjamin n'aurait pu croire celui qui aurait soutenu ces paroles, car ce mardi n'avait été qu'un enchantement du début à la fin, de 7 heures 45 à 17 heures tapantes. Un mardi passé avec Émilie, tous les deux tendrement enlacés dans un coin retiré de la cour du collège, et, à son grand désarroi, entrecoupé par les enseignements auxquels ils ne pouvaient se dérober tous les deux bien qu'il fût toujours assis à côté d'elle, à sa gauche, la dévorant des yeux pendant qu'il notait la leçon. Une durée infinie. Émilie qui avait osé le mascara sur ses longs cils noirs – une première ! –, mais qui l'avait mal appliqué ce qui l'obligeait à cligner des paupières comme une biche apeurée à la vue d'un chasseur. Émilie dont il avait léché le gloss au goût de fraises mûres avec le baiser des retrouvailles, à la vue de tous sous le préau. Émilie, un arc-en-ciel aux mille couleurs avec son pantalon écossais vert et rouge, sa parka marine, et son bonnet à pompon jaune d'or, montrée du doigt par celles qui dénigraient ses choix vestimentaires, mais qui enviaient les capacités intellectuelles qui leur faisaient défaut.

Le temps de la romance avait commencé la veille et avait poursuivi sa route accompagnée par les soupirs ardents qui allaient de pair avec la réciprocité des sentiments, par les cœurs qui s'étaient dévoilés petit à petit, par les échanges et les espoirs, la longévité d'un bonheur sans faille à l'image d'une pluie glissant sur un toit sans aspérité.

Le sable s'était écoulé dans le sablier ; tranquille.

Les deux tourtereaux avaient ignoré la jalousie malsaine des empêcheurs de tourner en rond, et la convoitise bête de ceux qui avaient eu leur chance auprès de la promise sans l'avoir soupçonnée – à la rentrée scolaire de septembre, Émilie en pinçait pour trois garçons, lesquels avaient déçu la jeune fille par leurs attitudes mesquines et leurs réflexions inappropriées envers ceux qui les contredisaient avec audace aux cours d'échanges verbaux.

À l'aube de l'idylle, pour Benjamin, perdre Émilie, c'était perdre la vie ; or, ce fut chez lui qu'il la perdit, sa vie. En une fraction de seconde, le ciel lui tomba sur la tête avec le tonnerre, la grêle, et tout le tremblement. Lorsqu'il avait pénétré dans le salon, son père tenait à la main une feuille avec des chiffres imprimés dessus, beaucoup de chiffres peu compréhensibles pour quelqu'un qui n'avait pas usé ses fonds de culotte sur les bancs de l'université.

— Tu lis quoi, P'pa ?

— Ah, c'est toi mon fils, je ne t'avais pas entendu entré. Ce sont les résultats de nos analyses sanguines.

— Et ça dit quoi ? Tu en fais une drôle de tête.

— J'essaye de comprendre les nombres. Viens. Assieds-toi à côté de moi. Tu sauras mieux les interpréter que moi grâce à tes connaissances en sciences naturelles apprises au collège.

Benjamin ne souhaita pas contredire les illusions paternelles vis-à-vis des connaissances surestimées et posa son sac à dos par terre. Il s'apprêta à se dévêtir.

— Attends, je t'aide.

— C'est pas de refus. J'suis empêtré là-dedans comme c'est pas possible. J'ai galéré toute la journée. Faudrait que je mette autre chose que ma polaire.

— Tu essayeras une de mes vestes après. Elles sont plus larges.

— Ouais, je crois que ce serait mieux. Au moins, ça me collerait plus au tee-shirt et je pourrais enfiler aussi un de tes pulls. J'ai pas osé l'enlever. J'avais peur de passer pour un abruti avec un unique polo sur le dos avec le temps qu'il fait dehors, même avec des manches longues.

— On essayera ça aussi.

— J'veux bien. Alors, fais-moi voir.

Père et fils lisaient ensemble à voix haute et commentaient au fur et à mesure : « ça, c'est bon, ça aussi ».

— Y a rien qui cloche pour toi, P'pa. Tu tiens la forme on dirait. Tu finiras centenaire. Et pour les miens ?

— On va les déchiffrer. Je n'avais pas encore regardé. Tu connais le proverbe, fils : « Charité bien ordonnée commence toujours par soi-même » dit-il en souriant, espérant détendre l'atmosphère.

Franck, silencieux, parcourut les lignes. Il s'étonna, bien qu'il n'eût pas su dire si cela était important, de la différence entre la normalité décrite pour un homme et pour une femme et le nombre inscrit correspondant à celui de son fils. Il lut la conclusion.

— Ça veut dire quoi, P'pa ?

— Je n'en ai pas la moindre idée, fils.

— Pourquoi le toubib demande à me voir ? Il avait dit qu'il me verrait seulement dans trois semaines pour vérifier si tout allait bien, puis encore trois pour m'ôter le plâtre. À ton avis, qu'est-ce qu'il veut ? Tu crois qu'il s'est planté, le mec, aux urgences ? Et quel est le rapport avec le bras cassé ?

— Comment le saurais-je, fils ? Je ne suis pas médecin et il ne parle pas d'aller consulter notre généraliste. La lettre dit qu'il faut prendre rendez-vous avec ce spécialiste mercredi après-midi ou samedi matin. Tu préfères quel jour ?

— Demain. J'ai pas entraînement avec ce foutu plâtre, et ça ne gâchera pas le week-end. La mère est au courant ?

— Bien sûr puisque c'est elle qui a ouvert le courrier à midi. Elle nous a laissé un mot avant de repartir travailler. Elle suggère comme toi, demain, pour ne pas être dérangé pendant son jour de repos ; et, chose peu coutumière venant de sa part, elle te laissait le choix, mais elle a quand même précisé qu'il n'était pas question qu'elle vienne le samedi.

— Et toi, tu pourras venir ?

— Je dirai à l'équipe que je dois faire un saut à l'hôpital suite aux résultats. Ça ira.

— Je vais te chercher le fixe.

— Pas la peine, j'y vais. Va plutôt fouiller dans l'armoire et regarde les vêtements que tu pourrais porter sans être gêné. Trie ce que tu aimes. Tu n'as qu'à les étaler sur le lit. Je t'aiderai à les enfiler.

— Ta carrure est plus forte que la mienne, P'pa, ça ira sûrement.

Benjamin attrapa son sac à dos et laissa son père téléphoner. L'arc-en-ciel avait bel et bien disparu de son horizon, emporté par cette invitation médicale dont il se serait volontiers passé.

21

La fable des hérissons contée par Émilie s'incrusta dans l'esprit récalcitrant de Benjamin, et plus il avançait, plus elle s'enracinait. « À l'arrivée des premiers grands froids, ces petites bêtes s'enterraient, prêtes pour hiberner. Plus elles s'installaient les unes près des autres, plus elles risquaient de se piquer, mais plus elles s'éloignaient, moins elles se réchauffaient ». Lui, qui venait de s'éveiller à l'amour, avait le sentiment d'avoir été enterré vivant sous un monticule si dense, si impénétrable, si collant, qui lui semblait difficile de pouvoir respirer à nouveau un air purifié, car l'atmosphère viciée dans laquelle il se mouvait, lui collait à la peau, gluante comme de la poix badigeonnée sur l'écorce de l'arbre dans le verger. Et pourtant, il avançait tel un automate.

Se voulant attrayant, le couloir de l'hôpital menant aux cabinets de consultation avait des allures de fête. Les murs avaient été récemment peints en ocre jaune ; des bandes colorées – vert, rouge, bleu, violet, orange – avaient été tracées sur le sol jusqu'à atteindre la porte correspondant à la spécialité précisée sur le panneau du hall d'entrée : cardiologie, gynécologie, pneumologie, neurologie, endocrinologie. « Suivez le guide, Mesdames et Messieurs les moribonds » pensa Benjamin en jetant un œil vers les salles d'attente numérotées en plus de leur couleur spécifique.

L'odeur, moins incommodante que celle des urgences, rappelait malgré tout l'endroit où des êtres aux visages livides étaient en train de se mouvoir ; triste spectacle d'une lente marche vers la peur du diagnostic, et Benjamin faisait partie du nombre, le père à sa droite et la mère devant pressée de retourner à ses tâches ménagères avant le boulot du soir. Le trio s'arrêta devant la plaque du docteur Philippe Jonnin, opéra un quart de tour, et s'empressa d'occuper trois sièges vides sur les quinze présents réservés aux patients d'endocrinologie.

« Vingt minutes à patienter, un record ! » s'exclama Maryse, ignorant que son fils fut le premier de la longue liste de malades à ausculter dans l'après-midi.

Philippe Jonnin, endocrinologue, peu fier de sa personne, vint lui-même chercher l'adolescent. Avec sa chevelure blanche clairsemée, ses yeux gris clair et sa blouse blanche, il avait le profil type du médecin de campagne bon enfant que ne détrompait point sa bonhomie lorsqu'il les invita à s'asseoir en face de lui. En revanche, ce qu'il leur annonça annula aussitôt le côté débonnaire qu'ils avaient perçu. Chaque mot prononcé dévastait l'adolescent avec cette désagréable sensation que le praticien crachait sur le cadavre de ses illusions.

Benjamin comprit plus vite que ses parents l'étendue du problème. Un choc émotionnel intense s'empara de lui en dépit de l'agencement de la pièce – Philippe Jonnin avait personnalisé son cabinet avec des photographies ramenées au cours de ses voyages représentant des dunes sahariennes, des oasis avec leurs palmiers, des chameaux et des dromadaires s'abreuvant à un point d'eau, un portrait berbère, un ameublement en bois clair, une sculpture en pied en bois d'ébène exposant sa nudité façonnée par un artiste africain, et pléthores de cactus. De quoi oublier la raison de sa venue. Sauf que, celle-ci, Benjamin ne la rayerait pas de son cerveau avant des décennies. Le rêve fou qu'il avait désiré avec tant d'ardeur venait d'être pulvérisé avec l'explication donnée au sujet des nombres notés sur la feuille d'analyse reçue à la maison. Il était devenu ce hérisson s'isolant de ses congénères, fuyant la cruelle et froide vérité. Un diagnostic sans appel. « Mensonge ! » cria-t-il en se levant d'une façon si brutale, handicapé comme il l'était avec son bras invalide, que le fauteuil bascula vers l'arrière et heurta le sol avec un bruit métallique.

— Assieds-toi mon garçon. Nous allons causer dans le calme.

— J'ai pas envie de causer ! Ce que vous dites, c'est du délire ! Y a rien de vrai dans vos analyses ! Faut recommencer depuis le début !

— Cela ne servira à rien et nous perdrons un temps fort précieux. Tu clabaudes sans savoir alors que...

— Je, quoi ?

— Tu protestes sans motif si tu préfères.

— Sans motif ! On voit que ce n'est pas vous qui êtes concerné !

— Écoute, tu n'es pas le premier que je soigne de cet inconvénient et tu ne seras pas le dernier. Je peux t'assurer que le traitement est efficace. Il enraye d'une façon quasi-définitive la cause – le spécialiste émettait une réserve –, et tu pourras mener une existence normale, réécrire sur le palimpseste de ta vie.

— Le quoi ?

— Le palimpseste de ta vie. Comme si tu effaçais ce qui a été inscrit pour amorcer un nouveau chapitre sur l'ancien. Un homme nouveau. Un phénix.

— Ça va. J'ai pigé l'idée, répondit Benjamin sur un ton radouci. Et pour le traitement, ce sera quoi ? Des cachetons à prendre tous les jours comme les vieux ?

— Pour pouvoir doser, il faut que tu subisses encore un examen.
— Lequel ?
— Clinique et précis. Nous allons en discuter seul à seul. Madame et Monsieur Guillot, je vous demande de sortir maintenant, dit-il, s'adressant à eux avec un regard si dur qu'ils se levèrent aussitôt. Votre fils vous rejoindra.

Le « Quoi ! » traversa les murs et parvint aux oreilles des deux parents. Lorsque Benjamin franchit le seuil de la salle d'attente, il fulminait, les joues rouges de fureur, les cheveux en bataille, et des perles de sueur sur le front.

— La mère s'en va ! dit-il d'une voix péremptoire.
— Mais... objecta Maryse.
— Tu nous laisses, je te dis ! Je reste avec le père ! C'est une histoire d'homme, pas de gonzesse, et j'en ai pour l'après-midi !
— Tu as raison, cela m'arrange de rentrer, répondit Maryse avec le port altier d'une reine s'adressant à ses valets, attitude qui ne surprit point le père et le fils contrairement à ce couple de gens âgés dont leur seule présence avait réussi à lui rendre son autorité. Gardez la voiture, j'ai vu l'arrêt de bus dans la rue. C'est notre ligne. Une chance.
— Que se passe-t-il, fils ? demanda Franck inquiet.
— Viens, P'pa. Suis-moi. Il faut que j'aille au laboratoire. Le toubib a téléphoné avant que je sorte, et il m'a indiqué le chemin. Je vais te raconter en y allant. Suis vénère à un point que tu peux pas savoir. « Je le fais pour toi, Émilie, pour nous, pour que notre amour vive ».

22

Les deux pieds dans la boue, les sandales ouvertes montrant les orteils noueux, marchant sur le chemin qui traversait le bidonville à Calcutta, Mère Thérésa avait prononcé à voix basse « hier n'est plus, demain n'est pas encore, nous n'avons qu'aujourd'hui ». Elle évita la flaque d'un pas mal assuré. Elle fermait la marche, dernière personne composant cette colonne d'enfants joyeux qui étaient en train de se diriger vers l'école récemment construite. Elle se réjouit pour eux, ses petits protégés. Mais la honte la rattrapa, nœud coulant qui lui fit venir des larmes de découragement malgré elle. Elle avait honte de ce monde aveugle qu'elle devait solliciter sans cesse à chaque voyage vers la capitale, immuable scénario qui ne cesserait donc jamais.

Benjamin avait éprouvé une honte similaire avant de pousser la porte du psychologue Michel Simonin, trente-huit ans, dont la fonction consistait à dédramatiser l'examen à subir. « Pourquoi le sort s'acharne-t-il sur ma personne ? » se demanda l'adolescent les doigts sur la poignée. Le hasard de la naissance, encore lui, qui refaisait surface lorsqu'on ne l'attendait pas, à l'affût, tapi dans l'inconscient. La question posée avait obtenu une réponse détournée de la part du bellâtre aux yeux verts qui l'avait invité à s'asseoir en face de lui sur un canapé en tissu beige, moins informel que derrière un bureau et une chaise en plastique. L'homme débita son laïus appris par cœur à force d'avoir été répété maintes et maintes fois. Des mots destinés à explorer la conscience, à pénétrer dans les recoins de la méfiance, à dévaster les a priori, à favoriser l'assentiment.

Michel Simonin, le genre sportif dans un jean à la coupe droite et un sweat zippé, confortablement installé dans son fauteuil en cuir noir – seul meuble luxueux dans cette pièce impersonnelle quasiment vide – sondait le jeune garçon en face de lui tel un paysan consciencieux labourant sa terre avant la semence. Il traçait ses sillons dans le cerveau de l'adolescent afin d'y semer ses graines d'acceptation.

Benjamin pensa à la sienne, de semence, et faillit lui sauter à la gorge. Que connaissait cet individu des vicissitudes qu'il subissait en permanence ? Le discours entendu était un tissu de circonlocutions auquel il ne comprenait rien. L'unique chose comprise par lui durant cette demi-heure perdue fut l'épreuve à venir, incrustée si profondément qu'il lui aurait été difficile de la déloger.

Le père était là, fidèle au poste, à attendre la fin de la visite médicale.

Les mains croisées sur le ventre, ils reprirent leur marche vers la destination à laquelle Benjamin ne pouvait déroger. Puis, Franck, devant le secrétariat du laboratoire, pressa l'épaule de son fils. Empathie paternelle.

Benjamin entra et déclina son identité sur un ton monocorde à peine audible.

La secrétaire usa de toute sa sympathie avec beaucoup de déférence à l'encontre de ce jeune homme rouge comme une pivoine – elle avait confondu ire et timidité. Elle lui tendit le flacon stérile et lui indiqua le box numéro 3. « Appelez-moi si vous avez un problème, je vous parlerai sans entrer. Dès que vous avez fini, appuyez sur le bouton rouge situé sur le mur au-dessus de la table, je viendrai récupérer l'échantillon pour l'amener de suite à la laborantine. Vous avez de quoi vous distraire dans le box, je vous laisse découvrir ». Elle s'abstint de tout commentaire quant aux procédés facilitant la réussite bien qu'elle ait remarqué la gêne qu'occasionnerait le plâtre dans la démarche manuelle. Vu les circonstances, la difficulté serait de taille.

Benjamin éprouva le besoin de crier sa détresse à l'intérieur du box. De hérisson épineux, il devint un loup sanguinaire hurlant à la pleine lune, et l'humiliation atteignit son paroxysme lorsqu'il rendit le flacon. Les mots restèrent coincés dans la glotte. Il sortit tête basse, la queue entre les jambes, brisé. Il rejoignit son père qui lisait une affiche non loin.

Retour dans la salle d'attente de l'endocrinologue. Père et fils durent patienter longtemps avant d'être à nouveau assis dans le cabinet du spécialiste ; deux heures environ à bouquiner les revues des mois antérieurs ; deux heures de perdues à ajouter au compteur.

— Bon. Rien d'exceptionnel, jeune homme, comme je le pensais. Cela confirme ce que je vous ai dit tout à l'heure. Une piqûre intramusculaire pour commencer et

— Une piqûre !

— Calme-toi mon garçon, c'est pour aujourd'hui seulement. Les comprimés prendront le relais par la suite et tu seras stupéfait des changements. Je vous donne déjà le prochain rendez-vous afin que je puisse évaluer l'efficacité du traitement et te prescrire la voie orale et non injectable. De cette façon, tu n'auras pas besoin de confirmer à la secrétaire la consultation avant de revenir. Voilà, c'est enregistré. Allez, va derrière le paravent, tu connais la musique, ton père va sortir.

Benjamin retint le gémissement issu de la douleur provoquée par la pénétration du liquide huileux dans sa fesse droite.

— Masse un peu, le produit partira plus vite dans l'organisme.

« Putain ! Maintenant, je boite ! Suis amoché des deux côtés. Tu parles comme ça se dissipe vite ! Y en a une qui va entendre du pays dans une heure ! » pesta-t-il en lui-même, le cul endolori.

— Allez, à dans un mois, Benjamin Guillot.

— Au revoir, M'sieur, répliqua Benjamin, pressé de foutre le camp.

Sur le seuil, l'endocrinologue tendit la carte de visite sur laquelle il avait noté la date et l'heure de la prochaine consultation. Benjamin saisit le bristol avec un geste si maladroit qu'il lui glissa des doigts et vola dans le couloir sur un mètre au moins. Franck, qui arpentait ledit couloir, ne sachant comment occuper son temps, s'abaissa, le ramassa, et le rangea dans son portefeuille.

— J'ai fini, P'pa. On peut rentrer.

— Très bien, fils, rentrons.

L'espoir avait-il pu se faner avec l'épreuve subie tel une fleur ayant perdu sa vitalité par manque d'eau ? Benjamin avait réalisé ce qu'il allait devoir endurer non pas dans les jours à venir, mais plutôt dans les mois et dans les années. Un calvaire avec pour récompense la virilité à la fin. L'idée d'afficher un corps musclé doté d'une voix grave devant Nathan et Arthur permettrait de tenir, celle de leur administrer une raclée aussi.

23

Le peintre Chardin dicta à l'élève broyant les pigments dans le vieux mortier usagé posé sur l'ais : « Tu dois te servir des couleurs, mais tu dois peindre avec les sentiments ».

Rien n'aurait pu être le présage de ce qui allait advenir lorsque Franck et Benjamin s'engouffrèrent, confiants, dans l'ascenseur du bloc D. Comme à l'accoutumée, ils poussèrent la porte de l'appartement, et accrochèrent leurs manteaux dans l'entrée.

— Pas trop tôt ! gueula Maryse. J'en connais deux qui ont pris du bon temps pendant que je m'échine ! Qu'est-ce que vous avez foutu tout cet après-midi !

Ce fut la phrase de trop.

— Ce qu'on a foutu ! Tu veux que je t'explique, la mère, en long, en large et en travers ! Tu veux des infos !

Franck essaya de calmer le jeu.

— Il a fallu qu'il fasse un autre examen avant d'avoir le traitement.

— Et ça vous a pris des plombes ! Vous me prenez pour une gourde ! Je rentre du boulot, fatiguée à crever raide sur place, et je dois me coltiner la bouffe du soir ! Pour une fois que j'espérais mettre les pieds sous la table, je suis mal loti avec vous deux. C'est encore moi qui m'y colle ! Des années que ça dure ! tempêta Maryse, un verre de vin rouge aux trois quarts vides à la main, les pommes de terre et les carottes sur la table de la cuisine, le couteau d'office et l'économe posés à côté.

— Je vais cuisiner quelque chose, répondit Franck d'une voix qui se voulait apaisante.

— Ouais ! Je voudrais bien voir ça ! Des pâtes ou une pizza surgelée comme d'habitude ! Ça, je sais le faire !

— Putain ! Tu nous fais chier, la mère ! À longueur d'année, tu nous pourris la vie, au père et à moi ! T'es qu'une soûlarde ! Regarde-toi, t'as déjà ton compte !

— Je suis quoi ?

— Une ivrogne hystérique et mythomane qui a fait de moi ce que je suis ! Tout ça, c'est de ta faute ! C'est à cause de toi, de ton alcoolisme, si je suis né avec cette malformation !

— Mais qu'est-ce que tu racontes, morveux ? Le médecin a dit que c'était génétique.

— Et comment tu crois que j'ai pu avoir un chromosome X en trop, à ton avis ? Les X, ils viennent de la mère, et toi, t'as pas pu t'abstenir de boire pendant ta grossesse ! Il a fallu que tu continues à téter la bibine en cachette du père !

— Mais fais le donc taire, toi, au lieu d'écouter ces conneries ! répliqua Maryse, haletante.

Franck ne reconnaissait plus dans les prunelles de son épouse l'éclat de gaîté qui l'avait tant séduit à l'époque de leur lune de miel. À la place, il y voyait la férocité de la bête aux abois prête à tout pour se sortir du guêpier ; un animal blessé par le travail au service des riches, un coup de balai commencé tôt le matin et terminé tard le soir ; la poussière dissimulée sous le tapis des pauvres que lui-même n'endurait pas, raison pour laquelle il pardonnait les sautes d'humeur. À cause du milieu d'origine de sa femme élevée par des parents ouvriers possédant le culte soviétique, son ambition sociale avait avorté dès le plus jeune âge par manque de moyens laissant place à l'amertume.

— Mythomane ! C'est pas toi qui as discuté avec le toubib, t'étais dehors ! gueula Benjamin, revivant les minutes humiliantes. C'est à moi qu'il a expliqué pourquoi j'avais gardé la voix d'un gosse de cinq ans, pourquoi j'avais des seins comme une fille et des testicules qui refusent de grandir ! C'est moi qui aie eu le cul troué que j'en ai encore du mal à marcher ! Et, en plus, faudra que j'aille chez le dentiste me faire charcuter à cause des caries qui risquent de se former parce que je n'ai pas assez d'émail sur les dents !

— De quoi tu te plains, tu es pris en charge maintenant ! Le spécialiste nous a expliqué que tout rentrerait dans l'ordre dans un an ou deux. La belle affaire ! Tu nous chies une pendule pour des broutilles !

Maryse posa le verre sur la table et s'empara du couteau avec l'intention de trancher l'extrémité des carottes et d'utiliser les fanes pour la soupe.

— Mais je vais me la faire, cette conne ! hurla Benjamin qui contourna la table en levant son plâtre.

— Tu menaces ta mère !

Maryse brandit la lame comme un bouclier. Franck s'affola.

— Mais vas-y ! Qu'attends-tu ! Frappe si tu es un homme !

Franck se plaça entre eux au moment où le plâtre chercha à atteindre le bras tendu. Furieuse, Maryse, le couteau tenu fermement par les doigts aux phalanges blanchies, avança d'un mètre. Forces décuplées. Violence des gestes. Tornade mortelle. Odeur douceâtre du sang. Le regard épouvanté, Benjamin constata.

Des perles rouges, souillant le carrelage, giclaient du crâne de Maryse, inconsciente, assise par terre contre le placard de l'évier dans une curieuse posture. Franck gisait à plat ventre, tombé à ses pieds ; il gémissait. Benjamin le retourna. Il avait le couteau planté dans la poitrine. « La chute a dû être provoquée par le déséquilibre causé par mon élan lorsque j'ai voulu frapper la mère » déduisit-il. « Merde ! Je ne me rappelle même plus si je l'ai atteinte. Ou autre possibilité, la blessure est la conséquence des légumes qui ont roulé sous les pieds paternels, il l'a poussé quand il a glissé, et elle s'est cognée en tombant. Putain, le ventre de P'pa a servi de cible dans l'histoire ! ». Il se prit à le croire.

Benjamin paniqua. Fouillant dans le sac de sa mère qu'elle posait toujours sur la commode dans la chambre parentale, il vola la carte bleue dont il connaissait le code et un billet de dix euros dans le porte-monnaie. Au passage, il récupéra son sac à dos et prit un trousseau de clé. Il claqua la porte de l'appartement. Les râles de ses parents le pourchassèrent jusque dans l'escalier et résonnèrent dans sa tête, sonnant le glas au rythme de son cœur battant à tout rompre.

Course effrénée dans la nuit.

Peur d'être pourchassé.

Le regard fou, Benjamin fuyait l'œil du cyclone maléfique qui avait dévasté sa vie en quelques secondes.

24

Un proverbe taïwanais dit : « Sème le bien, tu récolteras le bien ; sème le mal, tu récolteras le mal ».

Le carrelage vert délivrait une odeur rance. Elle transperçait de part en part les deux êtres étendus sur le sol.

Les doigts poisseux à force de frotter le liquide à la couleur coquelicot, tiges rouges au milieu d'un champ de blé, Franck ressemblait à une limace. Il rampait vers l'entrée, pratiquant la nage indienne, le buste à moitié soulevé, le souffle rauque, la main droite refermée sur le manche du couteau dans l'espoir d'atténuer la douleur ; un geste inutile. La douleur lancinante s'intensifiait jusqu'à devenir fulgurante lorsqu'il frottait son torse contre le sol. Il s'arrêta. Il entendit les gémissements de son épouse derrière lui l'accompagnant dans cette ultime tâche qui consistait à sauver sa peau. Il vit le torchon sur le dossier de la chaise, celui qui servait à essuyer les verres parce que Maryse trouvait qu'il ne peluchait pas. Il le lui fallait. Il s'appuya sur son coude gauche, suffoqua, redoubla d'efforts, libéra ses doigts du petit manche en bois, et tira sur le tissu prometteur. La chaise bougea légèrement et abandonna son trésor. Le vichy était doux au toucher comme la caresse de sa femme au temps passé des rendez-vous heureux. Il frissonna au souvenir. Et le frisson perdura, consécutif à la quantité de sang qu'il essaya, en vain, d'éponger. Alors, devant l'impossibilité à panser la plaie, il prit la décision d'ôter l'objet de la souffrance. Il empoigna le petit manche en bois et tira d'un coup sec. Peine perdue. Enfoncé dans les tripes, il ne bougea pas d'un millimètre. Il changea de position et s'adossa à la porte de la cuisine. Il respirait avec difficulté. Il récupéra le souffle fourni par l'effort inefficace. Il songea aux épines de roses plantées dans le derme, aux échardes se glissant sous la peau, aux clous transperçant les chairs. Il revit les images du documentaire relatant ces poilus arrachant les morceaux d'obus qui avaient pénétré dans leurs membres. Il songea à tous ces guerriers qui peuplaient son écran de télévision. Alors, il serra avec détermination le petit manche en bois, ferma les yeux, et tira ; il tira ; il tira jusqu'à finir par arracher la lame de son ventre. Il hurla des sons gutturaux de délivrance.

Libéré de l'obstacle, le sang giclait, s'écoulant tel un ru. Il pansa aussitôt la plaie avec le linge, vieux réflexe de jardinier, prit appui sur l'assise de la chaise restée en place, s'arc-bouta et entreprit de se tenir debout. Vacillant, il jeta un coup d'œil vers sa femme. Maryse demeurait inconsciente. Autour d'elle, les pommes de terre avaient des allures de tomates mûries sous un soleil estival. Les carottes avec leurs fanes ressemblaient à des poivrons fraîchement cueillis.

Courbé en deux, Franck tituba vers le téléphone fixe. Il avait perdu la notion du temps. Le calme régnait maintenant dans l'appartement, un calme angoissant ; c'était comme si l'heure du silence entre le déclin du jour et la tombée de la nuit avait pris possession des lieux. Ce fut le moment où il agit avec méthode. Il attrapa mollement le combiné. Son corps trouva ce regain d'énergie nécessaire à fournir le nom et l'adresse de son domicile à l'interlocuteur, puis il se laissa couler vers le sol. Seul le timbre d'une ligne occupée retentissait dans l'appartement, brisant le calme peu coutumier de l'habitation qui n'avait duré qu'un instant.

25

Extrait de l'Art de la guerre écrit par Sun Tzu : « Lorsque le coup de tonnerre éclate, il est trop tard pour se boucher les oreilles ».

Une pluie drue s'abattit sur la ville, molestant les imprudents noctambules. Dans les parcs, des branches cassèrent sous la violence du vent et des trombes d'eau, les papiers des goûters s'envolèrent des poubelles, et sous ce déluge, Benjamin marchait sans s'arrêter, son sac à dos sur la tête. Il était parti sans se retourner ; le mal avait été fait. Il accélérait le pas à chaque voiture entendue roulant dans la nuit obscure, puis il courut jusqu'à apercevoir la clôture grillagée du bâtiment en ruine dont il avait eu connaissance par les « on-dit que » du quartier, bâtiment servant de squat aujourd'hui. Il se faufila à travers le trou béant du grillage. Il entra dans l'édifice au rideau de fer soulevé. L'endroit était désert si on omettait de comptabiliser les rats, des bestioles répugnantes semant leurs crottes, grouillant parmi les immondices jetées par les S D F, les junkies, les paumés comme lui, tous des rebuts de la société de passage dans la ville.

Benjamin se fraya un chemin vers le fond de l'immense salle aux carreaux brisés depuis des mois, aux fenêtres salies envahies par les toiles d'araignées. Il donna des coups de pied rageurs dans les cannettes de bière. « Putain ! Il gèle à pierre fendre dans ce trou » parla-t-il tout haut afin de se donner du courage. « L'extérieur s'accorde avec l'intérieur ». Il chercha à tâtons un coin où se reposer et réfléchir à la situation présente. Il établit un campement de fortune dans l'angle le plus éloigné de l'entrée principale, un recoin exempt d'orifice pouvant laisser pénétrer l'air glacial et la pluie violente. « Ici, ça fera l'affaire. Y a pas trop de courant d'air ». Il posa son sac à dos trempé sur le sol – un béton crasseux maculé d'insectes morts piétinés et recouverts de poussière – et se mit en quête de rassembler des cartons oubliés, faisant fi de leur propreté. À l'aide de ceux-ci, il confectionna une couche censée l'isoler du froid, imitant celle fabriquée par le clochard qu'il voyait devant la supérette le dimanche matin quand il allait au marché avec son père. Lorsqu'il considéra que leur nombre suffisait à rendre l'endroit plus confortable et accueillant, il en étala quelques-uns, s'assit dessus, s'allongea sur le dos, recouvrit son corps avec deux autres – les moins sales et les mieux conservés –, et plaça son bras valide sous sa tête en guise d'oreiller. Il écouta les bruits nocturnes insolites. Sa propre respiration se mêla à eux. Il garda les yeux ouverts rivés sur le plafond lézardé dans sa largeur comme si les poutres punitives qui soutenaient l'ensemble du toit allaient s'abattre subitement sur lui pendant son sommeil.

Peu à peu, la tristesse se distilla en lui, accablante compagne. Des larmes gelées quittèrent les cils et s'éparpillèrent sur ses vêtements comme les perles d'un collier cassé rebondissant sur la bourgeoise en pleurs. « Putain ! Qu'est-ce qui s'est passé ? Tout ça à cause d'elle et de ses mensonges. Le mensonge, c'est la solitude, le vide. Mentir à soi-même, il n'y a rien de pire. Avec sa mythomanie à la con, elle a inventé une autre vie et a nié la vérité. Il aurait fallu que j'aie un appareil photo Polaroïd pour immortaliser la scène et fixer sa tronche sur la pelloche en guise de preuve ; ça m'aurait disculpé. Il n'y a pas de retour en arrière ; c'est fini ; terminé ; je dois me préparer à la guerre et ne rien lâcher. La partie ne sera pas simple à jouer et le jeu ne sera pas virtuel cette fois. Faut pas que je perde la boule. Les keufs, ils m'auront pas ».

Un choc sourd.

Benjamin sursauta.

Quelque chose ou quelqu'un venait.

Sur ses gardes, accroupi, Benjamin était prêt à bondir sur un fantôme. L'ennemi pénétra, fouillant avec son museau les détritus. Le chien affamé retroussa les babines. « Ta gueule, le clebs, casse-toi ! » explosa-t-il. Les mots se répercutèrent sur les murs ; le chien stupéfait par tant d'agressivité détala.

« Putain ! La nuit va être longue » pensa Benjamin, étendant à nouveau ses jambes.

26

Le philosophe Francis Bacon écrivait dans son essai sur la morale : « La vengeance est une sorte de justice sauvage et barbare. Plus elle est naturelle, plus les lois doivent prendre peine à l'extirper. Car, à la vérité, la première injure offense la loi, mais la vengeance semble la destituer tout à fait et se mettre à sa place. Au fond, en se vengeant, on n'est plus tout au plus que l'égal de son ennemi ».

Franck ouvrit les yeux en entendant son nom. Il contempla l'homme avec son brassard qui se tenait devant lui. Il grimaça. Il avait mal malgré les calmants administrés par la perfusion. Impression d'être revenu à la case départ. Pourtant, les gouttes tombaient les unes après les autres. Le bandage serrait trop son ventre. Il cligna des paupières et détailla l'étranger. Grand, mince comme un piquet de parc, la trentaine, cheveux courts, rasé de près, les joues creuses, des pupilles noires au regard d'acier, jean, blouson, baskets, aucun doute possible, c'était bien un flic.

— Monsieur Franck Guillot, inspecteur Jacques Cerdez, brigade criminelle. Vous avez été agressé par arme blanche la nuit dernière. Vous confirmez ?

— Je ne me rappelle plus vraiment les circonstances de l'accident. Nous nous sommes disputés, ma femme et moi, et j'ai dû trébucher. Elle était en train de préparer la soupe. D'ailleurs, où est-elle ? Est-ce qu'elle va bien ?

— Votre femme a été admise dans le service de réanimation pour un œdème cérébral suite au coup qu'elle a reçu sur le crâne. Le médecin vous communiquera les résultats après mon départ. Qui tenait le couteau que nous avons trouvé sur la scène de crime ?

— Pourquoi parlez-vous de crime ?

— Si votre femme décède suite à sa blessure, l'inculpation tombera sous l'appellation d'homicide, volontaire, involontaire, tout dépendra des circonstances. Votre fils vous a-t-il contacté ?

— Non. Pourquoi est-ce que j'en aurais ? Il doit être au collège comme tous les jeudis matin.

— Vous mentez, Monsieur Guillot. Nous avons eu le proviseur au téléphone ce matin. Il ne s'est pas présenté au cours de huit heures. J'en déduis que votre fils est en fuite et que vous essayez de le couvrir. Si vous savez où il se terre, il est dans son intérêt de me le dire maintenant. Aujourd'hui, cette histoire relate une dispute qui a dégénéré au sein de la cellule familiale avec coups et blessures, mais demain…

— C'était un accident domestique, bredouilla Franck.

— D'après les premières constatations établies dans votre cuisine, la quantité de sang répandu sur le sol évoque de nombreux coups volontaires avec l'intention de donner la mort, et non un banal accident domestique comme vous le prétendez.

L'inspecteur creusait à la recherche de la vérité.

— Involontaire. C'était involontaire, bafouilla Franck. Je vous le répète.

— Je note ces réponses dans mon rapport pour l'instant. Je reviendrai plus tard. Réfléchissez.

Franck acquiesça d'un signe de tête. Au besoin, il conserverait sa version des faits jusque devant un tribunal afin de disculper son fils. « La justice des hommes est ce qu'elle est, mais Dieu est le témoin de notre vie » pensa Franck. « Lui, il connaît la véracité de mon témoignage ».

27

Dans la ville de Naples, une maxime était connue de tous : « Lance la pierre, puis cache ta main ».

Benjamin se réveilla à l'heure où l'aube était fraîche et pure quel que fut le lieu : ville, campagne, montagne, taudis. Les quelques heures d'un sommeil agité avaient suffi à diminuer la vengeance qui l'avait guidée jusqu'ici. À la clarté du jour naissant, il mesurait les conséquences de ses actes. La tempête intérieure avait terminé son carnage mental. Il ne s'imaginait plus cloué au pilori.

« J'ai abandonné le père à une mort certaine. Je suis qu'un misérable lâche. J'aurais pas dû fuir » pensa-t-il en se levant brusquement. Les cartons volèrent. Il avait des picotements le long de la colonne vertébrale et des démangeaisons au niveau des mollets. Il espéra ne pas avoir contracté une maladie de peau dans ce décor sordide.

« Et merde ! » cria-t-il. Seul l'écho répondit à son appel de détresse dans cette immense salle vide. « Faut que je sache sinon je vais devenir dingue. Faut que je trouve un cybercafé et je me connecterai. Je dois pas rallumer mon smartphone sinon les flics me localiseront. Ne sont pas si cons, les keufs ; ils doivent être à mes trousses ».

La pluie avait cessé aussi rapidement qu'elle avait apparu.

Benjamin emprunta le chemin de l'aller. La prudence fit taire sa précipitation. Il se dirigea avec une tranquillité exagérée vers la zone piétonne. La ville s'éveillait doucement. Avisant une boulangerie d'où s'échappait un parfum de fournées déjà cuites, il entra et demanda juste une baguette aux céréales. Il paya avec le billet volé. Il mordit dedans avant de sortir, savourant la croûte chaude qui craquait sous la dent. Il erra dans les rues avoisinantes.

Benjamin déambulait, avalant les bouchées de pain frais avec délectation, calmant la faim. Lorsque les commerçants eurent ouvert leurs boutiques, il s'enquit de trouver le cybercafé, n'ayant pas le courage de se rendre à la bibliothèque municipale excentrée. Il lui fallut plus de trente minutes pour en dénicher un. Lorsqu'il y pénétra, l'endroit était fort animé entre les consommateurs qui discutaient au bar et ceux qui pianotaient sur les claviers. « Ici, je serai peinard ». Il sortit la carte bancaire de sa mère, et s'installa au poste numéro 6. Il lut d'abord les gros titres sur le quotidien local, puis les brèves. Pas convaincu, il le parcourut dans son intégralité. Insatisfait de cette recherche, il envisagea d'écouter le journal télévisé de la veille. Il plaça le casque sur ses oreilles et visionna en replay le 19 heures de France 3. Rien n'avait été relaté aux informations, et cette constatation, loin de le rassurer, l'inquiéta. Il déconnecta Internet et ferma l'écran de l'ordinateur. Soucieux, il prit le ticket de caisse et partit. Le remords annihila la peur. « Que la mère crève, je m'en fous, mais pas le père ; pas lui ; il ne mérite pas ça. J'suis pas un criminel. Tant pis. Advienne que pourra, comme dirait Lamoureux. J'y vais ».

Benjamin repéra un arrêt de bus. Il détailla avec minutie le plan affiché. En continuant la ligne, il calcula qu'il avait quatre stations avant un changement, puis douze autres pour arriver à sa cité. Il décida de monter dans celui qui stationnait au feu rouge à l'intersection.

28

Le proverbe chinois dit : « A qui sait attendre, le temps ouvre ses portes » ; l'inspecteur Jacques Cerdez l'avait constaté plus d'une fois lors de ses enquêtes policières ; alors, il attendait, inspectant l'appartement du deuxième étage du bloc D, photographiant la cuisine ; des visuels qui seraient ensuite versés au dossier. Contempler le domicile de la famille Guillot, c'était voir la réalité qu'imposait une vie de sacrifices, une vie sans artifice aussi. Entre deux clics, il perçut le bruit caractéristique d'un ascenseur qui était utilisé pour la montée, puis le crissement des portes métalliques à l'étage, et des pas dans le couloir.

Jacques Cerdez s'immobilisa dans l'entrée et colla son dos au mur.

Une clé dans la serrure d'une porte non fermée.

L'inspecteur cueillit Benjamin, un Benjamin qui n'offrit aucune résistance – il avait vu les empreintes sanglantes des mains sur le téléphone.

— Où est le père ?
— À l'hôpital, et ta mère aussi.
— Il va bien ?
— On va discuter de tout ceci au commissariat.

Jacques Cerdez garda les menottes dans sa poche. Il guida l'adolescent jusqu'à la voiture de fonction garée sur le parking, verrouilla les portières – sage précaution malgré la docilité de l'adolescent, la prudence étant mère de sûreté. Il enclencha le gyrophare. La sirène transperça les tympans des badauds que la voiture croisait sur sa route. Inutile de subir les embouteillages.

Au commissariat de police, Jacques Cerdez eut le regret de constater que son équipe s'était volatilisée pendant son absence, dépêchée sur un cambriolage où un meurtre avait été commis. Matinée mouvementée.

Assis dans le bureau de l'inspecteur, Benjamin sirotait un café rapporté du distributeur à boissons chaudes. Lorsque Jacques Cerdez lui signifia que ses parents étaient hors de danger, sa mère ayant été transférée du service de réanimation au service de médecine, Benjamin éclata d'un rire franc. « Dieu lui refuse le paradis et le diable a fermé l'entrée à double tour. La mère, même le diable, il en veut pas ; elle foutrait le bordel en enfer » déclara-t-il secoué par des spasmes incontrôlables.

Jacques Cerdez avait eu droit à des situations pas banales, mais une comme celle-là, jamais. Le jeune homme qu'il regardait ne paraissait pas mesurer la gravité du drame et les conséquences qui suivraient. Au contraire, il semblait soulagé, arborant l'honnêteté sur son visage de môme, comme s'il jugeait cette interruption dans la continuité de sa vie d'adolescent insignifiante.

La Grande Faucheuse avait épargné la famille. Pour l'instant. Mais que présagerait la suite ? Pouvait-on qualifier cet adolescent au visage angélique et rieur de futur délinquant ? Jacques Cerdez n'aurait pas émis une hypothèse.

Fin